지나고 보면
아득히 복된 날들!
- 주인현 드림

김성은
2025. 겨울
세계가 불타는데

"같이, 웃고 있더라고요
그렇게 좋아했어요"
김상혁

네가 보내준 노래로부터
끈은성

낮이든 밤이든
당신이 시를 읽을 때면
머릿속에 떨어지는 별똥별 ♡

김보나 드림

"지난 여름 너에게 못한 말들으로
내가 살았습니다"
2025년 11호. 안다.

'우리 이번 계절 최선을 다해
건강합시다' 천반경

"오늘은 내가 나무문이 되어 서 있을게"
(김춘옥)

2026 제71회

現代文學賞 수상시집

안규철, 「두 개의 빈 의자」, 드로잉

| 현대문학상 기념조각 |

안규철

책은 양면적인 요소들이 중첩되어 있는 물건이다.
책에는 왼쪽과 오른쪽 페이지가 있고, 보이는 앞면과 보이지 않는 뒷면이 있다.
안과 밖이 있고, 시작과 끝이 있다. 흰 종이와 검은 잉크가 있고,
드러난 것과 숨겨진 것이 있으며, 저자와 독자가 있다.
서로 상반되면서 동시에 상호 의존적인 이런 요소들은 책이 닫혀 있을 때는 드러나지 않는다.
책은 상자와 같아서, 책장이 펼쳐지기 전에 그것은 무뚝뚝한 한 덩이 종이 뭉치에 불과하다.
책을 열면 이렇게 하나였던 것이 둘이 된다. 왼쪽과 오른쪽이, 안과 밖이, 저자와 독자가 거기서 생겨난다.
그리고 그 둘 사이에서, 낯선 한 세계의 지평선이 떠오른다.
마술사의 손바닥에서 피어나는 꽃처럼, 작은 책갈피 속에서 세계 하나가 온전한 윤곽을 드러낸다.
문학작품 앞에서 늘 그것이 경이롭다.

제71회 現代文學賞 수상시집

김상혁

쥐의 시절 외

현대문학

수상후보작

심사평

수상소감

수상작

쥐의 시절 외

김 상 혁

김상혁

쥐의 시절 외

1979년 서울 출생. 2009년 『세계의 문학』 등단.
시집 『이 집에서 슬픔은 안 된다』 『다만 이야기가 남았네』
『슬픔 비슷한 것은 눈물이 되지 않는 시간』 『우리 둘에게 큰일은 일어나지 않는다』.
〈김춘수시문학상〉 〈구상문학상〉 등 수상.
세종사이버대학교에서 시를 가르치고 있음.

쥐의 시절

모든 음식이 맛있던 시절
내가 쥐이던 시절 세상이
하나의 커다란 통창 같던 시절
인생이 눈앞이고 심박수 높았던
시절 도시는 저녁 지평선에 쾅 닫히고
발소리 하나같이 무섭고 어린애도 무섭고
용감한 꼬리는 밟혀 끊어지던 시절 아무리
먹어도 배고프던 시절 몸집 아무리 불어도
쥐새끼였던 시절 나는 생각했다 없으면 지 새끼도
잡아먹는 우리가 빠져나갈 구멍은 어디에 생각하다
날 밝아서 관뒀다 시끄럽고 날 밝으면 졸리던 시절
좀 있다가 지평선 다시 쾅 할 테고
눈앞의 인생과 빠른 심박수
반복하던 시절 모을 것도
모아둘 곳도 없던 시절 아랑곳없이 높아지는 빌딩들

안팎으로 발자국을 찍던 쥐의 시절에
오갔던 길을
이게 몇 년 만인가
차로 달려 주차장 진입했고 방문증 받았고
밟힐 꼬리도 없이 카페에 앉아서 듣고 있는
벽과 음식을 갉아대는 기척들
배고파? 맛있어? 용기 무너질 리 없어?
아무 답 없이 쾅 닫히는 옆자리들

개구리 점프

남자 성기를 자꾸 개구리로
돌려 말하는 애니메이션을 보고 있자니
나중엔 개구리 무슨 죄인가 싶더라.
미끈거리고 징그럽고 아님 귀엽다는 사람도 있을 텐데
그저 나는 아슬아슬한 느낌만,
밟으면 어쩌지? 조심히 걷던 기억만 떠오른다.
호수 품은 교외카페와 캠핑장 유료공원은
만만한 개구리 올챙이 물에 꼭 풀어두더라.
아님 수조나 바가지에 버글거리게 넣어두거나.
두고 봐, 요 종이컵 가득 잡고 만다.
귓불까지 빨개져 앉아 있는 아이들 발치에
두고 봐, 두고 봐, 앞다리 나오면 나도 가만 안 있어?
고함치듯 퍼덕이는 꼬리를, 하나씩 집어가며
물에 도로 넣어주는 애들도 있더라.
하나를 보면 열을 안다고

싹수가 노랗네 아님 될성부른 나무네 하는 동안

졸다 말고 미래는 뜬금없는 쪽으로 튀어 오른다.

당장이 급하면 통통한 앞날들 때려잡아 약으로 고아 먹
고 아님

아침에 눈뜨며 손뼉 치는 심정으로 새날 맞는 사람도
있을 텐데

죽어도 은혜는 갚겠다고, 아님 돌아보니 다 사랑이었노
라고

팝업 동화책이 개구리 입술 쭉 내미는 걸 보고 있자니

머리 위 하얗게 가늘어진 지난 시절들 간지럽더라.

긁는 건지 뜯는 건지 손바닥 펴면 피를 보게 되더라.

아랫배 아프면 병원을 가야지 1년째 입에 유산균이나
털어 넣는 나나

딱 5년만 할머니랑 살다 같이 가자?

키우는 개를 앞에 두고 5년 넘게 천국 타령하는 엄마나

둔한 건 매한가진데

　이룰 대의도 없이 대의멸친

　가족들과 한집에 사는데 혈혈단신

　하느라, 있어 보이는 고독한 사람

　하느라 밟혀 죽어도 이상하지 않았는데 운이 좋았다,
개구리처럼

　길한 방향으로 몇 번 잘 뛰었더니 살아남았다.

　눈앞에서 누가 뛰면 나도 깜짝 놀라 손 내밀 때 있는데

　혼자 넘어졌다 혼자 일어난 사람이 스스로 옷 털고 피
닦고 고맙다고 한다.

퇴임사

11강 '모더니즘과 모더니티' 교안 준비 중
교무팀 연락이네요. 봄학기로 강사
임용이 만료되며 재계약은 어렵다고요.
획 떠나지 말고 김 선생이 고르고 키운
학생들 보게 게시글 하나 남기라는 학과장님
권고사항입니다. 가르치는 나도 시가 잘
안 돼요. 열정이 떨어진 느낌? 데뷔하고 나서는
쓰고 송고하고 한참 뒤 파일 열면 거기에 들인
시간부터 떠올랐지요. 요즘은 나보다 늙은
선배가 아직 시간강사라는 사실 그러므로 내게
찬스가 있다는 생각을. 그러니 여러분 학생일 때
시 쓰기 바랍니다. 괜히 선생을 괴롭게 만들지
마세요. 자기소개는 Q&A 게시판에 말고
부탁합니다. 앱으로 알림 오고 내가 답변을
남겨야 해서요. 안녕하세요? 하면 안녕

하세요 답하는 순간이 매번 기쁨이었음
합니다. 시인은 고향이 없다는 말 기억
하지요? 수시모집 실기심사 2회 들어갔고
6년간 재밌었네요. 졸업생도 볼 수 있게
자유게시판에 쓰고 말 예정. 혹시 딴 선생께
다르게 배우더라도 우리는 우리의 정답을
배웠다 믿기를요. 후회는 안 합니다. 하나
걸리는 거 날씨 좋아 야외수업 하자는 말들
외면했지요. 우리의 시간이었으나
그래도 되는지 방침을
내가 알 수가 없어서요.

부재중 종은

종은아, 어릴 적 교회 뒷산 기도굴에 붙은
경고문 '미성년자는 문 잠그지 마세요!'
여덟 살 땐 괜찮았는데 그거 서른 돼서
생각이 난다 너는 요즘도 많이 걷니?
해외여행 나가면 한 시간 정도 거리는
그냥 걷게 되더라 어설프게 차편 찾느니
입 다물고 다리를 움직이게 돼 싫으면
아 죽일까? 콱 죽을까? 다들 쉽게 뱉는
농담에 요새도 질색하니? 진심, 말이
사람을 해코지한다고 느껴? 당신 대신
하나님, 언덕 대신 태백산맥, 도시 걷기
말고 우주를 유영하기, 이렇게 큰 단어를
써보려고 해 나는 우리나라 언어의
상상력이 답답하다고 느껴 한국이 좀
답답해 종은아, 돈보다는 말을 따라서

팔자가 틀어지는 게 차라리 낫지
않겠니? 무서울 일인가 싶어 영 읽히지
못한 이야기책들은 귀신이 되고 밤마다
분해서 이를 간다는 게 무서워할 얘긴가
싶다 너는 아직도 섬이 좋니? 쳇바퀴를
돌 듯 바닷가를 걷노라면 그걸로 아,
살 것 같니? 우리 열 달 월급을 하루 치
숙박비로 받는 숙소가 울릉도에 두 곳인데
섬이란 섬은 하나같이 가난하고 외롭게
바닷물 밀어내며 승리 중일까? 좋은아,
내 생일에 선물 대신 5만 원 봉투 주던
나의 귀한 친구 딱 죽지 않게 빈곤한
너에게 마음껏 말과 글 쏟아내는 나는
무슨 의미니 다 걸을 수 없는 한국의
땅은 무슨 의미로 남으려나 관점에 따라

숭고하거나 버러지 같은 좋은, 당신은

도시부터 언덕까지 오늘도 입 다물고 걸었다

작은 폭탄

비참하고 안타까운 죽음으로 인해 이름과 얼굴이 알려
진 경우
그렇지만 국가적 재난은 아니었고
결과로 따지면 사망자 1 또는 2로 기록되는
경우의 비극들 가운데 보는 사람에 따라
혹은 보는 이의 그 날 감정에 따라
사고의
원인의
절반은 어느 개인을 덮친 불운에 가깝고
나머지 반은 시스템 내재적 모순이 지목되는 경우
그렇지만 망자의 사연이 보도되고 어디 게시될수록
가령 망자의 낡고 깨끗한 점퍼와
망자의 남은 반려와 어린것들의 음성이
부모의 오열이
또한 망자가 이루지 못한 인생의

성실하고 아름다운 목표들이 공개될수록
이 비극의 배후가 시스템임을 좀 납득하게 되는
경우들 가운데 사건의 경위가 단순 낱낱하며
현장 상황이 유독 처참하고 선명한 탓에
어느 술자리 불콰해진 누군가 뉴스를 듣다가
으~~!
본 적 없는 장면을 가서 보기라도 한 듯 얼굴 찌푸리는
그 허다한 비극들 중에 나도 알고
술집 입구를 가로막은 채 나와 같이 담배 태우는
너도 알고 있어서 자연스레 이야깃거리 되었는데
취해서 내 얼굴을 들여다보더니 친구가
야 너 이번에 죽은 애랑 존나 닮았네
해서 서로 웃고 음식 더 먹고 잘 헤어져 집에
돌아와 혼자 누워 있다 잠시 엉 울었고
잠들기 전에 생각해보니 내가 닮아서도 아닌

그렇다고 이름 얼굴만 아는 망자를 위해서도 아닌 눈물
들

가운데 여태 머릿속 굴러다니는

폭탄 같은 하나

수상시인 자선작

깊은 점

더 깊은 생활은 없을까?

매일이 살얼음판 걷는 기분이라는 사람들
또는, 빙판 아래 두텁고 투명한 현실로
손을 뻗다가 앞뒤로 자꾸 미끄러지는 사람들

엄마 아빠를 진심 사랑하는 사람들 혹은
부모의 외로움이 싫고 난처한 사람들

며칠 몇 달을 생각 없이 살았는데 어느 날은
하루가 코앞 거울처럼 닥쳐왔다 느끼는 사람들

가게 주인이 손님 내치고 의사가 환자를, 어른이 배고픈
아가를 손 놓고 버려두는 날도 있지, 하다가
날벌레 같은 제 마음 손바닥으로 후려치는 사람들

내 집 내가 불태우게 만드는 저 작은 것들…… 하나, 둘 날아다닐 때

　조금 더 깊은 생활은 없을까? 자문하다 어려워진 자신을
　깨끗한 망막 위에 오점처럼 눌러두는 사람들
　뒤뚱거렸고 매달렸으며 혹은 확 뛰어내린 까만 점들,
　사람을 구하긴 해야겠는데, 하다가 잠에 빠지는

　사람들 한두 시간마다 꿈을 깨면 그럴 때 혼자였고
　줄 놓친 듯 일어나 물 마셨고 다른 밤으로 깊어지기를,
　다시 첨부터 시작하는 사람들

시흥시

내가 아는 시흥은, 젊어서 야학 선생에 빈민운동 했던, 지금 남부순환로 지나는 자리 안양천 판자촌민 다 쫓겨날 때 그이들과 소래산 남쪽에 복음자리마을 세운, 바로 그 사람 제정구를 국회의원 두 번 시켜준 동네.

(나한테 제정구 얘기 해준) 할아버지가 아는 시흥은, 당신 소싯적 시흥 농협에서 일할 때, 사옥 들어가 잠들라치면 종종, 얼굴 젖살도 안 빠진 처녀귀신이 베갯머리에 나타나 아저씨, 나중에 여기서, 우리 손녀 만나면 좀 살려달라며 울다가 웃다가 사라졌다는 곳.

(실은 귀신 얘기 그거, 밤마다 사옥 말고 술집이나 가려고 느 그 할아버지가 지어낸 거라 했던) 우리 할머니는 꼭 시흥을 영등포 아래 시흥, 하고 말했다. 내가 아는바 영등포에서 시흥까진 너무나도 멀다. 생전 할머니 할아버지 두 분 사

이만큼 떨어져 있다.

(제정구 모르고 할아버지 할머니도 본 적이 없는) 나의 아내
에게 시흥은, 월요일 화요일 매주 두 번 떠올리는 도시. 나
시간강사 나가는 길 전화로 시흥쯤 왔다 하면, 아내는 다
도착한 줄 알고, 강의 안 늦어서 다행이네 한다. 우리의 동
떨어진 귀 한 쌍이 같은 시간 쫑긋 일어선다.

가난 걱정. 선거 걱정. 아무리 붙잡아도 멀어지는 마음
에 대한 걱정. 늙어서도 다 큰 나를 걱정하던 할머니 할아
버지 죽어서는 뭐 하시나 하는 걱정. 아기가 어려서 손이
많이 가던 시절, 고속도로 운전하다 몇 번 졸기도 했던, 나
한테도 보이던 앳된 귀신들 걱정. 이게 다 시흥시 이야기
는 아닌데

인터넷 검색하면 반 백발 고집 있는 노인 얼굴 제정구. 하지만 생각보다, 사진보다 이른 나이에 영면한 그와 함께 떠오르는 시흥. 그런 시흥, 하면 떠오르는 아주 오래되었으나 어린 귀신 같은 앞날들.

우중 행사

비, 발목까지 오세요
어쩌면 발목의 조금 윗선까지
야외 공연장에 인파가 몰리는데
스피커와 전선들이 습기를 머금고
관객의 손에 비옷 한 벌씩이 들리고
뒷자리 몇몇은 환불을 요구하는데
비, 그칠 생각이 없어요
흙바닥이 쓸려 내리고 있어요
그렇지만 인간은 성실하고
인류는 촘촘하게 나아가므로
비를 동반한 바람이 사선으로
모두의 이마를 밀어내고 있어요
무대를 두른 경계선의 바깥으로
안전요원은 모두를 밀어내고 있어요
며칠 후 맑은 날에 떠올리는

며칠 전의 빗줄기는 재밌고
내 집 현관 들어설 때 떠오르는
몇 시간 전의 안간힘은 재밌고
마른 옷으로 갈아입고 나니
아까의 다 젖은 엉덩이는 재밌어요
그러니까 비, 무릎까지 와보세요
무릎의 한 뼘 아래 찰랑거리게
밴드가 대기실에 갇혀 다리를 떠는데
관계자의 전화기 끝없이 울리는데
기다리며 웃을 사람 아무도 없어요
기다리다 울겠는데 떠나기가 쉽지 않아요
구멍 같은 밤하늘 아래서
기도할 수 있으므로 몇 번이고
오늘의 날씨를 검색하는 중이므로
몇몇은 호통을 치며 벼르고 있으므로

비, 할 만큼은 했다고

노래 부르지 마세요

둘이 살고 고구마

　밤에 부엌에 서서 혼자 고구마를 먹는데 앞으로 몇 년은 쩝쩝대는 소리처럼 뻔하겠다 싶은 것이죠 너가 뭔가를 잘못한 건 아니에요 각자가 포기한 만큼 우리 인생은 보답을 받고 있거든요 밤에 부엌에 서서 두 개째 먹으면서 뭉친 모래도 아니고 사람이 허물어질 리 없는데 몸의 가장자리 붙들고 산다 느끼거든요 삶은 고구마쯤 먹는데 식탁에 앉기도 뭐하고 쥐 죽은 듯 넓어지는 밤 창밖이나 바라보니 인생 알아서 굴러간다는 말 실감하거든요 멍청하게 서서 가슴을 치다가 너를 잃고 싶진 않아요 너 잃고 혼자서 먹어보는 고구마 맛 궁금할 뿐 밤에 부엌에 서서 세 개째 삼키면서 인간들 참 무섭다 하루에 열 번씩 화내면서 좋은 날 모자 쓰고 산책하고 얼굴은 별로 주름도 없는 것이죠 그러다 사랑하는 너 죽으면 나의 인생 제멋대로 구르겠네 생각하고 있거든요 너가 언제 삶았는지 모를 열 개쯤 남은 고구마 앞에서

잘못 살았다고 생각한다

최정례 선생님 죽었을 때
아주 잠깐인데 그냥 나도 죽을까 생각했어요
친한 적 없는데 언젠가 대학로 어느 술집에서
지금 아내랑 우연히 최정례 선생님한테 인사했거든요
저희 결혼합니다, 이쪽이 잔디예요, 아시죠?
했거든요, 그런데 다짜고짜 아내더러 너는 왜
이런 애랑 결혼을 하니, 하고 웃으시는데 아무래도
진심 같더라고요, 그렇다고 결혼 안 할 건 아니라서
그리고 크게 웃으시니까 기분이 나쁜 게 아니었고
속으로 맞는 말 하시네 싶더라고요, 사람 잘 보네?
싶어서 저도 같이 웃고 있더라고요 그렇게 좋아했어요
그분 시를요 나중에 「동쪽 창에서 서쪽 창까지」 읽다가
울겠더라고요 정말 나중에 꼭 이런 거 써야지 했거든요
얼마 전 읽은 황인찬 시에 이승훈 선생님이 나오길래
용기 났어요 저도 써봅니다 최정례 선생님 죽었을 때

집에서 혼자 컴퓨터 앞에 앉아 어쩐지 발 주무르면서
혼잣말로 아이구, 아이구 했거든요 그래서 죽은 사람
시집 만지는데 글자 하나 문장 한 줄이 아까운 거 있죠
표지도 귀하고 표지 그림도 귀해서 저린 발 만지듯
했거든요 동네서 술 마시는데 앞에 앉은 누나가
토지문화관에서 귀신 봤다 하더라고요 그래요?
내가 어린애처럼 정말 누나, 귀신이 세상에 있어요?
취하지도 않았는데 거듭 물었더니 있지, 왜 없니
하는데 좋더라고요 사람 죽으면 다 끝이고 먼지다
알고 살지만 보세요 선생님 저 잘 살고 있습니다
잔디도 선생님 시 좋아하고 갑자기 아이도 낳았거든요
친한 적 없는데 사람 잘 보는 선생님 덕에 제가
매일 조심하며 지내고 있다 말씀드리고 싶었거든요

한 세계

붉고 푸르스름한 저물녘인 것
그런 저물녘에 아파트단지와 공원을 잇는 육교
위를 걷는 것 그 적당히 높은 곳에 마침 혼자인 것
힘 빠진 저녁 빛들이 이마에 잠깐 모였다 떨어지므로
나는 묘하게 칠이 벗겨진 채로 혼자인 것 얼룩처럼
조용한 모든 것 좀처럼 누리기 힘든 한순간에
육교 위 내가 찾고 있는 것
눈과 생각으로 따라잡은 것

넓고 빠른 팔차선 도로를 지나친 자동차 하나
퇴근 시각부터 다음 날 출근 시각까지 자는 동안을 빼
면 내 시간은 그럼 얼마가 남았나 차 안에서 홀로 조용한
데 혼자 부산한 마음인 것 지금 언니 얼굴이 보고 싶은 것

좀 돌아가는 육교를 두고 서둘러 무단횡단하는 어린이

하나

　집에 있으면 학원 가기 싫고 학원 가면 집에 오기 싫은

　앞일 같은 거 잘 모르겠고 좋은 것 싫은 것 한데 모아

두고 싶은 마음인 것 당장 배고프고 당장 신나는 것

　괜히 육교 위에서 울 뻔했던 것

　괜한 슬픔을 눈과 생각으로 차단한 것

　강 건너 김포 하늘에서 다가오는 느린 비행기 하나

　아주 새로운 곳 아주 낡은 곳도 아닌데 나름 기쁨을 찾

는 마음인 것 흉물이고 쓸모없어 하나둘 철거되는 육교를

배경 삼아 아직도 편지 건네고 이별하고 눈물까지 흘리는

어떤 화면 속 인물에게 진심인 것 한편 그것이

　나의 세계는 아니어서 계단을 내려가는 것 조깅하는 이

웃들 보고 미소 짓게 되는 애매한 현실인 것

물 흐르게 물건 떨어지게

스카이다이빙 해본 적 없어요. 살면서 새우 먹어본 적 없어요. 한국인이 어떻게 새우를 피해? 따져도 모르고 먹은 거면 몰라도 알고 먹지 않아요. 아이 때린 적 없어요, 설령 때렸어도 들킨 적이 없어요. 내 안에 또 다른 내가 있어 그것이 몽둥이 들었다 해도 생각은 멈추지 않아요. 영웅 행세한 적 없어요. 앞사람 있으면 기다리지 끝으로 밑으로 밀어본 적 없어요. 주면 받았지 안 준다고 빼앗은 적 없어요. 남이 하는 얘기 안 들은 적 없어요. 불쌍하면 불쌍한 거지 만질 필요 없어요. 길 아는데 일부러 모르는 척하지 않아요, 귀여운 척한 적 없어요. 귀엽다는 말에 혹할 만큼 어렸던 적 없어요. 집에서 두 시간 거리 강남역 진짜 공부하러 간 거 맞아요. 부자인 척하려던 거 아녜요, 유명 작가인 척한 적 없어요. 대학생 되고 시 처음 써서 낼 때 로드킬 소재 많았어요. 내가 아는 죽음은 고양이와 노루와 병아리가 전부고, 어릴 적 어설픈 가난 말고 끝까지 가본 비극 없어요. 정말, 꿈 없어요. 불운하면 불운했지 뒷산에 속옷 묻으러 올라간 적 없어요. 물 흐르게 물건 떨어지게 내버려둔 적 없어요. 깊이 잠들면 혼자 벌어지는 턱 열어둔 적 없어요, 남더러 눈 감으라 하지 않아요. 생각은 멈추지 않아요. 들킨 적이 없어요.

시간에 관한 농담

친구는 내가 따르고 본받고 싶은 단 한 명의 사람, 골방에 혼자 누워도 자기 두 눈 자기를 쳐다보기에 못된 생각 못 하는 그에게, 사람들 하나같이 밉다 싫다 말하는 나는 어떤 친구일까? 어쩌다 레스토랑에 함께 앉았는데 아이들 소리 지르며 뛰어다닌다, 음악이 시끄럽고 스테이크는 질기고 냄새가 나쁘다, 먼 주방에서 누군가 화를 내고 다른 누가 울기 시작한다, 쓸데없이 길게 늘어진 펜던트 조명이 아마에 닿을 듯 아슬아슬하다, 눈이 침침하다, 한겨울 어설프게 맞물린 여닫이문 틈으로 찬 바람 든다, 친구 메뉴 앞에서 내가 재채기한다, 다리 떨고 두 손을 비빈다, 테이블 흔들리고 지금껏 우리가 나눈 대화는 없다, 씹던 고기를 내가 접시 위에 뱉는다, 그러니까 친구는 크게 웃는다, 다른 음식을 주문하고 재미있는 이야기를 시작한다, 농담, 돌아와 곱씹을수록 대단히 중요한 농담 같은 친구여, 무엇이 그를 자극할 수 있을까? 어째서 친구에게 시간은 아무엇도 아닐 수 있나.

강성은

네 집으로 가 외

1973년 경북 의성 출생. 2005년『문학동네』등단.
시집『구두를 신고 잠이 들었다』『단지 조금 이상한』『Lo-fi』
『별일 없습니다 이따금 눈이 내리고요』『슬로우 슬로우』.

네 집으로 가

너는 문을 닫는다
나는 어리둥절한 기분으로
다시 아홉 살이 된 기분으로
뒤돌아서 나온다
이 도시엔 내가 모르는 길이 무수히 많고
걷다 보면 어딘가 도착할 것 같다
내려가는가 하면 올라가고
올라가는가 하면 내려오는 계단이 있고
밤처럼 깊은 웅덩이가 있고
웅덩이에 빠진 발이 부어오르고
절룩이며 네 집에서 멀어지는 동안
건물들은 계속해서 자라나고
제임스웹은 외계 행성의 새로운 사진을 전송하고
사람들의 마음에는 구멍이 나서 비가 새고
잠과 물속에 갇힌다

오늘밤 이 도시에서
가출한 사람은 몇이나 될까

오늘밤 이 도시에서
쫓겨난 사람은 몇이나 될까

오늘밤 이 도시에서
집이 없는 사람은 몇이나 될까

오늘밤에도 집 없는 아이들이 태어나고
원하지도 않았는데 가족이 생긴다

원하지도 않았는데
문밖에 있다 나는

그가 도착한 곳

자신이 도착한 곳이 지옥이라 믿은 그는
사실 천국에 간 것이었는데

자신의 몸보다 죄의 무게가 더 가볍다는 것을
믿을 수 없어서

세계가 여전히 아프고
더 이상 궁금하지 않은 것들이 문밖에 기다리고 있어서

과거의 그에게 길고 긴 편지를 쓴다
네 삶을 바꾸렴
너무나 지루한 일생을

듣던 신이 어느 날 갑자기 무언가 결심한다

천국과 지옥의 전원을 끄자

냉장고 속에서 딱딱하게 굳어 있던 얼음이 물이 되어

쏟아져 나온다

매립지

쓰레기를 버리고 버리고 버리고
아무리 버려도 계속 나와요

할머니는 쓰레기를 백 년 넘게 버렸다는데
아직도 쓰레기가 나오는구나 애야
집 앞에도 쓰레기가 쌓여서
밖으로 나갈 수가 없구나

숨만 쉬어도 쓰레기가 나오는데
할머니를 구하려면 밖으로 나가야 하는데

집 밖에는 거대한 쓰레기 산이 점점 커져가고
쓰레기를 반대하는 집회가 열린다

사람들은 이제 집 밖으로 나오지 못하고

집으로 들어가지도 못하고
자신이 쓰레기 산의 일부인지 아닌지 알지 못한 채

쓰레기를 버린 지 얼마나 되었나요
글쎄 내 나이가 몇이었나
머리를 긁적이는 사람들 모두 커다란 쓰레기봉투를 들
고 서 있다
어디로 가야 하는지 몰라
쓰레기차가 오길 기다리고 있다

하느님 거기 계신가요
설마
여기 계신가요
아무렴
거기 계시겠죠

할머니는 기도를 멈춘다
이제 어쩔 수 없구나 얘야

도시의 새들이 활발하게 아침을 시작하는데
할머니를 구하러 가야 하는데
쓰레기차가 오지 않는다

세계가 불타는데

어느 해에는 사람들이
여자들의 머리채에 불을 질렀고
다음 해에는 여자들이
스스로의 머리채에 불을 질렀다

불은 쉽게 꺼지지 않는다
불은 여자들을 태우고 그다음 해에는 모두를 태웠다
그래도 꺼지지 않았다
사람들은 불에 타 죽은 줄 모르고
자꾸만 자기 머리채에 불을 질렀다

이상하게 몸이 차갑구나
불을 피웠는데 너무 빨리 꺼져서
머리를 잘랐는데 순식간에 길어져서
알 수 없는 일들이 자꾸 일어나서

춥고 불타는 세계가 동시에 펼쳐져서

쇼핑을 하다가 공중으로 떠오르고
밥을 먹다가 울음을 터트리고
수영장에서 투명해지는 몸을 보고는 어쩔 줄 모르고
불이 붙은 커튼을 걷으며
이렇게 추운데 불이 났을 리가 없지
오들오들 떨며 침대 속으로 다시 들어간다
얼음장 같은 이불을 덮는다

이상하게 몸이 차갑구나
세계가 불타는데 아직도 너무 춥구나

세계가 불타는데
세계가 불타는데

문상

비가 철철 내리는 밤

선생님이 돌아가셨다 우리는 오랜만에 얼굴을 마주하고 인사를 나누었다 사진 속 선생님의 얼굴은 조금 피곤해 보였지만 그대로였다 우리는 모두 검은 외투를 입어서인지 나이가 들어서인지 어두운 얼굴 그리고 낯선 모습

문상을 처음 와본 애들은 절하는 법을 몰라 곁눈질하고 빌려온 옷을 입은 애들은 구부정하게 서 있고 누가 애들아, 부르는 소리를 들으면 정말 다시 애들이 된 것 같고

장례식은 어딜 가나 똑같아 어딘지 모르게 차가운 공기 어딘가 모르게 불편하고 말이 없는 사람도 말이 많은 사람도 불편해 모두 하나도 안 변했네 어색하게 웃고는 어떤 이유로 우리가 서로 멀어졌는지 더듬어본다

절 두 번 하고 육개장 먹다가 사람은 무엇으로 사는가 생각한다 과거는 확실하고 미래는 불확실하고 유년을 떠올리면 눈물이 나고 노년을 떠올리면 두려움에 휩싸이고 여름방학도 겨울방학도 없지만 아직 어린애들 같은데 인생은 왜 펼치는 페이지마다 쉽게 넘어가지 않을까

장례식장을 나와 보면 밤하늘은 별들로 가득하다 그런데 세계가 캄캄해진 지 너무 오래된 것 같지 않아 모두 주위를 돌아보지만 어제도 캄캄했으니까 내일도 캄캄한 거지 우린 돌아오는 계절마다 또 다른 장례식장에서 마주치겠지 그곳은 너의 장례식일지도 모르고 나의 장례식일지도 모르고 우리의 장례식일지도 모르고 어쩌면 우리도 없고 둘러앉은 사람 하나 없는 그런

고단한 몸으로 집에 돌아온 내가 외투를 벗었을 뿐인데

그림자까지 빠져나가는 소리 빗소리인 줄 알았더니 관뚜껑에 못 박는 소리 황량한 벌판에 맨발로 누워 장례식 음악의 연주를 듣는다

아무 일도 없었던 것처럼

겨울 하늘에 떠 있는 먹구름
아무 일도 없었던 것처럼
숲은 더 울창해지고

아무 일도 없었던 것처럼
지금은 메르스 중입니다, 라고 썼던 2016년이 지나가고
코로나로 많은 친구들이 죽었습니다, 를 읽던 2020년이
지나가고
비상계엄을 선포합니다, 를 듣던 2024년이 지나가고
아무 일도 없었던 것처럼
올림픽이 열리고 우주여행 상품권이 팔리고
쥐들이 암을 정복하고 AI가 인간의 마음을 정복하고

아무 일도 없었던 것처럼
갑자기 우리 모두 나이가 어려졌지요

이 나라에는 원래 이상한 일들이 많이 일어나지만

극장이 없어지고 식당이, 카페가 없어지고
학교가 없어지고 사람이 없어지고
아무 일도 없던 것처럼
언젠가는 봄과 가을이, 서울과 평양이, 달과 지구가

그렇지만 꿈속에선 변함없이 우리가 거기서 영화를 보
고 엔딩 크레딧이 올라가고 천천히 커튼이 열리고 투명한
창 너머 정원에서 환한 빛이 쏟아져 들어와 어두운 잠에
서 깨어난 것처럼 울면서 잠에서 깨어나지 아무 일도 없
었던 것처럼

다시 얼빠진 얼굴로 사랑에 빠지고
아무 일도 없었던 것처럼

오늘도 모르는 개와 산책하고

모르는 개와

산책하고

시간에는 시곗바늘이 없다[*]

어느 날 밤 누가 내 몸을 분해했다
낱낱이 흩어진 채로 나는 서랍에 담겨 잠들었는데

요양병원의 늘어선 침대들처럼
침대 위에 묶여 있는 아기들처럼
얼마나 시간이 지났는지 모르고

이 세기에서 저 세기로, 저 세기에서 다른 세기를 떠도
는 망령처럼
꿈인지 삶인지 묻지 않고

어느 날 아침 누가 나를 다시 조립했을 때
나는 다른 무언가가 되었다

다정한 사형집행인처럼

네가 따뜻한 손을 내민다

* 헤르타 뮐러, 『인간은 이 세상의 거대한 꿩이다』.

권민경

마술사 수업 외

©나디아

1982년 출생. 2011년 『동아일보』 등단.
시집 『베개는 얼마나 많은 꿈을 견뎌냈나요』
『꿈을 꾸지 않기로 했고 그렇게 되었다』 『온갖 열망이 온갖 실수가』.
〈김춘수시문학상〉 〈고산문학대상 신인상〉 수상.

마술사 수업

친구를 꼬셔 마술사가 되는 수업을 들으러 갔는데
마술의 역사에 대한 수업이었다 나로선 오히려 좋았으나
친구는 망연자실 어떻게 이런 일이
실기와 이론은 이렇게도 다르고
우리가 아는 매지션과 역사 속 마술은 너무도 달랐다

왜 마술의 역사를 배워야 해? 이걸 어디에 써먹어?
　하긴 마술이라면 장기자랑으로도 쓸 수 있겠지만 마술
의 역사를 설명해봤자
쓸모없는 정보의 홍수 ― 와! 샌즈 아시는구나!
아무도 묻지 않은 이야기의 나열이 될 것

언니는 사회화된 덕후야 언니는 잘 속여 사람을

덕후들은 관심 분야를 들으면 바로 눈에 불을 켜는데

나는 말을 꺼내고도 그 화제에 누군가 눈에 불을 켜는 낌
새만 보이면 바로 발을 뺀다

실은 내가 원하는 건 대화가 아닐지 모른다 그렇다면
내가 갖고 있는 지식은, 이를테면 마술의 역사에 대한 이
론은

어디로 흘러갈까 흘러가지 못하면 고일까

그것들은 쓸데없이 내 우측 해마 한쪽에 자리 잡으며

조각모음도 하지 않고 휴지통도 비우지 않아 버벅거리
는 컴퓨터처럼

날 버벅이게 만들까

언니는 역사 덕후라면서 총은 왜 알아? 비행기는 왜 알
아?

역사 덕후면 전쟁사를 알 수밖에 없고 그렇다면 무기를
알게 될 수밖에 없으니까 그리고 나는 정확히 말하면 2차

대전에만 특화되어…… 와 샌즈!

유체동력
제2차세계대전
태평양전선
그리고 지금
지구 어딘가에선 아직도 전쟁이 일어나고 있고 작게 불
이 들어온 뇌의 일부처럼
포탄이 팡팡 터지는 지구 한구석을 떠올리며

이것이 올바른 사고의 과정이 맞을까?
방구석에서 이렇게 한가하게……,
이런 게 시와 매니아 혹은 광증mania과 예술 그리고 마
술 모든 것을 포괄한 삼라만상
제대로 된 인간의 역사가 맞을까?

결국 우리는 마술사가 되지 못했고 마술의 역사도 겉핥기식으로 안다

폭격의 폐허 속에는 동생을 껴안은 채 발견된 언니의 시신

어떨 땐 세상만사가 어설픈 마술 같다

진실은 무엇이고 사실은 무엇인지 생각하던 나는 의심을 관장하는 뇌 부위에 불을 켠다

아직 포기하지 않았다 언젠가 손에서 불을 일으킬 거다

장미가 화르륵

와!

언니에게 박수를 쳐줄게

제 관심사에 불을 켜는 무해한 덕후처럼

특정기

죽지도 않은 각설이처럼 우울기가 다시 찾아와도 그 기
는 되돌아오지 않았다
　인생을 케이크처럼 똑 잘라낸 시기 특정 기운

똑같은 암수가 새끼를 낳고 또 낳아도
매번 다른 특색의 자손이 태어나는 것처럼

내가 가진 기운도 그러했다

배에 얼룩무늬가 있는 강아지
누렁둥이
어미가 품어주지 않아 얼어 죽었다고 생각해왔는데
이미 죽어 나왔던 걸지도 모른다 문득
발굴되는 과거

새로운 역사의 증거는 어째서 자꾸 발견되는가 왜 확정
되질 못하는가 의구스러웠는데
　나는 내 가슴을 열고 도떼기시장 같은 유적지를 펼쳐
놓았다
　오로지 혼자 발굴해야 한다
　노동수용소에 나를 가둔 것은 나인가
　아니면 낳아놓고 얼어 죽게 한 사람들인가

　넌 죽지 않았어
　나도 알지 알지만

　연명한다
　글로 먹고산다는 뜻이 아니라 쓰기 때문에 살아남았다
　부족한 도파민을 채우기 위해 파괴적으로 굴거나 슬퍼
지고

그나마 쏢이 나를 잘 도왔다 착한 대학원생처럼 내가
뇌가 이상하더라도 참고
　내게서 태어나

얼어 죽기

그리하여 지금은 빙하기 유적지 도떼기 5일장
죄스러운 노동수용소 절멸 같은 단어들을 싹싹 지워가며

앞으로 나아가는 시기 버스데이

나는 한겨울 홀로 살아남은 강아지 이름을 안다
샛별

꼬뮌이 뭐예요?

질문을 받았을 때 선뜻 대답하지 못한 건 그 단어가 너무 많은 것을 담고 있기 때문이기도 하지만 그 이전에 역사책 철학책 외에 젊은이는 잘 안 쓰는 말이라는 사실을 떠올렸기 때문이다.

맥락상 꼬뮤니스트에 관해 묻는 것 같았으나 정말 그럴까? 괜히 이상한 대답을 해서 분위기 싸하게 하는 건 아닐까?

그렇다고 꼬뮤니스트들이 죽었다고 말할 수도 없었다.

K님은 NL이었나요 PD였나요? 동년배 문인에게 조심스럽게 물었다. 우리는 밀거래하듯 서로의 정체를 밝혔다. 좋은 거 있어요, 좋은 거.

내가 조심스러웠던 이유는 여러 가지였겠지만, 그 단어가 좀 구리기 때문이기도 했다. 이제 동년배들은 NL을 찾지 않지만 PD적 속성은 내장그래픽카드처럼 내재화하고 있다. 그럼에도 거의 사어가 된 단어들.

이제 와 그걸 쓰면 힐랭, 오나전 짱, 아행행, 캡숑을 쓰는 사람처럼 느껴질까 봐. 그건 좀 싫었다.

사람의 사상과 삶을 이런 식으로 모욕하다니. 그런 속된 말들과 같은 선상에 놓다니. 어찌 그런 일을 행하는가. 당신은 악마인가, 부르주아지인가?

아, 나도 부르주아이고 싶었는데……망했다. 행색을 보면 알지 않습니까. 어쨌든

나는 누군가를 모욕할 마음이 없고 먼저 공격하지 않으면 때리고 싶지도 않다. 다만 인간으로 살아가는 내가 하루하루 동물을 해치고 남의 노동을 착취하며 삶을 연명하듯, 시를 쓴다는 행위가 쉬이 대상에 대한 모욕이 될 뿐.

말과 언어는 빠르게 흘러가고 그건 때론 너무 잔인하게
느껴진다. 세상은 사회는 끊임없이 변하고

그것이 곧 좋아진다는 뜻은 아니라서

때론 거인이 되었다가 아이만 해지기도 한다.

사회는 왜곡, 삶을 세상을 곡해

중세의 그림처럼 얼굴이며 몸매며 어른과 똑같은데 크
기만 작은 미니어처

어린이의 이상한 모습

그렇지만 이상하다는 건 내 망막에 맺힌 상과 다르다는
뜻일 뿐 진짜 이상한 게 맞는지?

자폐, 라는 시는 새 제목을 찾지 못해 버렸다. 「귀여운
육손이」를 누군가 언급할 때 얼굴이 빨개진다. 당사자성
을 띤다 착각하며 내가 행해온 폭력들과

이제 세상이 변했고 자신이 사어가 된 것을 모르는 선

배들과 폭력과 사어 사이에서 핀치에 몰리는 내가 있다.
마우스피스도 안 끼고 헤드기어도 없는데.

챔피언이 꿈꾸던 헝그리정신은 없다. 아니, 있긴 있는데
다르게 있다.
왜냐하면 여기는 다이어트 복싱장.

꼬뭔이 뭐예요? 그거 돈 돼요?

'이놈의 집구석'과 같은 톤으로 읽어야 하는 '이놈의 사
회'.
다시 말하지만 나도 자본가이고 싶었다.

습작

한 번도 죽지 않은 내가 한 번도 죽지 않은 당신
보라고 쓴다

사는 이야기와 죽는 이야기 추모와 그리움 그러다가 반
정부주의자 같은 것도 되고
주제넘는 일을 하며 매일을 넘는다 난관과 죄책감 없이
는 도저히 삶이 이어진다는 자각이 없다

이게 맞나? 금방 낡아버리는 믿음

요샌 아무도 읽지 않는 책을 만드는 일에 골몰한다 고
통스럽게 쓰고 편집하고 스스로 교정교열 보며 최대한 싸
게 판다 그마저 50권 이상은 팔지 않는데 글이란 무엇인가
에 대해 더 골몰하게 된다 쓰는 일 사는 일 돈이 되지 않
아도 즐거운 기록 인스턴트 글들이 500매 1000매 2000매

를 넘어
  욕심도 슬픔도 없이
  그런데 나는 왜 거기에도 교훈을 남기려 하는지
  이게 맞나?

  주제넘게 이런 게 삶이라고 세상에 없는 성을 만들고
가상의 사랑을 만들며 때론 내가 만든 사람을 죽이며

  습작기는 끝나지 않는다 나는 영원히 무명작가이며 유
력한 대문호 후보
  이야기 속에서 나는 나와 당신의 죽음을 예비한다
  쓰고 지우는 게 삶이라는 듯

염병이거나 첨병이거나

오지 않는 전화를 기다린다 디엠으로 보내도 되는 것을
기다린다 전화여야만 하는 것을
외로운 동전 두 개*가 카드로 바뀌다가 사라지는 동안
나는 기다린다 벼른다

이 일련의 행위의 의미를 찾을 필요는 없으나
체스판 위의 말들은 전부 나의 얼굴을 하고 있다 그건
좀 징그러운
풍경이다 나는 나를 따먹으며 전진하는데
가장 곤란한 것은 룩
내 얼굴을 한 타워라니 뭔 괴물인지

그러나 내가 가장 소망하는 것은 룩
무생물처럼 건축물처럼 거기 서서 위압적으로 내려다보
는

100층엔 보스가 있을까

아니요 보스는 사실 자기 자신이므로 이 건물을 부수
지 않으면 영원히 천하제일

예술 대회가 열릴 것입니다

나는 때를 기다리며 머릿속에서 말을 움직인다 몸으로
하는 것 중 제대로 하는 게 하나도 없고 심지어 글씨마저
악필인데 형체 없으며 보이지도 않는

내 특기, 생각과 그 연산으로다가 뭐라도 해야 하므로

계속 움직이고

계속 움직이고

계속 움직이다 뾰족해지길 기다리는

제일 앞서서 날카로워지길 첨단이며 첨병이기를

기다리는 기다리기만 할 순 없으니 기보를 마구마구 휘
날리며

흩날려라……
?
요새 누가 기보를 종이에 씁니까

이 스포츠는 머리로 하는 것이며 노동을 하지 않는 삿
된 자의 악마적
예술 행위이므로 어떠한 염병의 종류

아주 부르스를 춰라

동시에
첨병이고 싶은 첨병이어야 하는

몸부림으로

간주

* 015B, 「텅 빈 거리에서」.

저주이거나 축복이거나

부군은 너보다 못날 것이다 네 그늘 아래 있을 것이다

초대받지 못한 무당이 말했다
전국의 유명 무당 명단에 속하지 못한
악의를 품은 사람이

블랙리스트처럼 진짜 유명 무당 명단이 존재한다면
그게 유출된다면
어떤 바이럴보다 효과적이겠지

하지만 부군은 나보다 못날 것을 두려워하지 않았으며
그늘 아래 있는 걸 꺼려 하지 않았는데
어쨌든 부인이 잘 된다는 것이니 러키비키*지요 라고 말
할 배포가 있었다
이걸 상남자라 해야 할지 샌님이라 해야 할지 모르겠으나

나는 큰사람 되기로 마음먹었다

남편이 나보다 못하다면 내가 100을 채워 그가 99로 따
라오면 될 것이다
나는 거대해질 것이며 세상 촛불 중에 가장 커다래서
기네스북 도전할 혹은 지역 명물 거대 촛불이 될 만한

세금 낭비라고 욕먹던 황금박쥐상은 금값이 오르자 지
역의 효자 관광 명소가 되었다

세상이 변한다
전쟁이 터지고
전염병이 돌기도 하며
빌딩도 무너지고

......

인간의 삶에 남은 호재는 없는 것입니까 사랑과 자비를
담은 가령
린 민메이**처럼 사랑을 노래하는 우주 아이돌이
위인처럼 솟아날 가능성은?

그래 봤자 엔터 주는 위험하다

나는 하던 대로 커다란 촛불 되기 위해
가끔 치성드리고 자주 자연발화를 연습

저주도 사람 봐서 날리세요 되레 더블 역세권 같은 더
블 호재가 터질 수 있습니다
나는 100만큼의 촛불 부군은 99만큼의 태양
그러나 실은 그는 날 타오르게 할 장작 중 하나일 뿐 힘

든 상황에서야말로 난 더욱 불타오르^{***}며 지역의 명소를
뛰어넘어 지역 그 자체이므로 모든 거리 이름이 촛불로로
바뀌었다가 아예 촛불특례시가 돼버리는 것처럼

　　광주에는 월드컵4강로가 있다

　　손바닥을 뒤집듯 변하는 세상과
　　저주를 축복으로 바꾸는 능력
　　이별의 능력^{****}이거나
　　이 별의 능력
　　투 스타 장군보다 준위를 꿈꾸는 부군
　　감히 대적할 수 없는
　　배포!

　　남자로 태어나 큰일 한번 해봐야지 않겠심까

까라고 해!

우주의 아이돌은 노래한다

키랏 ☆*****

---

* 희대의 K-POP 아이돌 중 한 명인 장원영의 긍정적 사고를 담은 유행어.
** 「초시공요새 마크로스」의 등장인물. 아이돌인 그가 극장판에서 「사랑
기억하고 있습니까」를 부르자 우주 전쟁이 멈추었다.
*** 만화 「슬램덩크」의 캐릭터 정대만의 대사. 정대만은 「슬램덩크」 등장
인물 중, 남녀를 통틀어 인기투표 1위를 차지하는 아이돌 격 존재이다.
**** 김행숙의 시집. 때는 2007년, 이 책을 통해 내게 시안詩眼이라는 게
열렸는데, 이에 대한 얘기는 너무 길어 생략한다.
***** 「마크로스 프론티어」의 등장인물인 아이돌 란카 리의 트레이드 마
크. 가사인 동시에 포즈 자체를 말하며 직역하면 '반짝'이라는 뜻.

자연

—장마

이맘땐 물속에서 사는 것 같아요
우리는 한 어항에서 거주하지만 좀 내외하는 편이지요
연일 내리는 비

오래된 빵집의 어항 앞에서 이야기했다
수초 뒤엔 작은 알처럼 물방울
물방울

그런 예감을 받았을까 촌스러운 이름이 먼 훗날 가장
힙한 것으로 여겨질 거란 예언 있었을까 남산에서부터 두
팔에 위풍당당 석판을 끼고 내려왔을까 모세처럼
에스컬레이터도 없던 시절부터 비탈길에선 늘 발가락이
쏠리는 기분

비 오는 평일 태극당엔 사람이 적당히 많고

요샌 인쇄도 힘들어요 종이가 울고 잉크가 번지고 제본
은 또 어떻고요

 이런 날엔 제빵도 힘들 것 같다 생각하며 말했다
 축축한 것 말고 촉촉한 것 있잖아요 감정을 가득 담았
지만 남을 겁박하지 않는 스며듦 잘 구운 빵처럼 맛있는
진심

 어렵다 어려워 왜 그렇게 힘들게 살아요

 그러니까 어항 안 짙푸른 물 그리고 물속에 맺히는 물
방울을 보며
 최선을 다해 울지 않으려 한다 종이가 울어도
 내 안에 뭔가 잔뜩 맺혀도

우리 이번 계절 최선을 다해
건강합시다

어떻게 그런 결말이 나와요?
웃으며 말하는 사람에게 답했다

식중독 조심하시고 더 오래 만나요

미래의 예언보다 현재의 잔소리가 중요할 가능성

나는 인터넷 쇼핑으로 편수 냄비를 샀다
고양이의 식기를 삶을 것이다

물이 팔팔 끓으면

김보나

서울숲을 걷고 있었지 외

1991년 출생. 2022년『문화일보』등단.
시집『나의 모험 만화』.

서울숲을 걷고 있었지

대나무가 숲을 이루어 쇄쇄 흔들리고 있었다 "평소에 서운했던 거 있으면, 저기 다 털어놓고 와" 바람소리가 듣기 좋아서 같이 산책하던 사람에게 무심코 말했다 그는 미소 지을 뿐이고 손사래도 쳤는데, 계속되는 제안에 못 이기겠다는 듯 들어간 것이다 곧게 뻗은 대나무 사이로

비눗방울이 수만 개쯤 날아올랐지 물을 마시고 우연히 발치로 굴러 들어온 아이들의 공까지 차 줬는데 그가 나오지 않는다 빽빽이 솟은 대나무 사이를 기웃거리자니 가만있자, 저게 꼭 창살 같군 나는 창살 밖을 기웃거리고 그럼 갇힌 건 나인가? 분간이 안 가는데 술래는 이제 너다! 아이들이 꺅꺅거리고

전화를 걸었다 그가 말갛게 다가왔다 "나? 진작 나왔지! 재채기 한번 하고 나왔는데. 꽃가루 때문인지 뭔지" 주워섬기는 그의 눈가는 붉었고

초여름인데 저녁엔 이상하게 쌀쌀하네요 밤의 대나무

숲입니다 쉿, 혼자 기어들어 왔어요 누가 보면 너무 창피
하잖아 조그마해진 채 겨우 꺼내본 말은

　"그때 그 사람이 무어라 했는지 들려주세요"

　소슬한 바람이 분다

　꼭 뭐라고 하는 거 같네

남자 팬티 입고 쓰는 시

줄무늬 브리프를 입었다

남자 팬티인 줄 모르고 입었는데 별 느낌이 나지 않아서 나는 별 느낌이 나지 않는 느낌을 모으고 싶다

현관에 반려 돌을 두고 기르는 사람이 다녀올게, 라고 말할 때 돌에 새겨지는 진동

헐값에 파는 통조림을 사서 생존 배낭을 꾸릴 때 들리는 지퍼 소리

남자 속옷과 여자 속옷을 잘 개킬 때 나는 나와 결혼한 것 같다

우리 헤어지자고 말할까

종신형을 받은 죄수가 부르는 가스펠을 듣는다 이 노래를 녹음할 때는 잠시 창살 밖으로 나와 있었을 흑인의 어깨, 노래는 가두어지지 않는구나 생각할 때 스쳐 지나던 날벌레의 비행

나와 평행하듯 기어가는 큼직한 사슴벌레를 보며 사람의 길과 벌레의 길은 어떻게 같고 다른가 헤아리는 저물녘

　씬지로이드정을 평생 먹어야 하나요? 정기검진에서 물었을 때 나와 모니터를 번갈아 보던 의사 선생님의 눈빛

　뼛가루에서 탄소를 추출해 다이아몬드를 만들 수 있다고 한다 흑연으로도 만들 수 있다는군 한 사람의 몸에서 나오는 탄소로 약 240자루의 연필을 만들 수 있대* 그럼 나는 다이아몬드와 연필 중에 무엇을 고를까? 돌잡이를 할 때처럼 진지해진 오후

　사람을 알고 지낸다는 건 그만큼 많은 그늘과 연루되는 일인 것 같다고 생각하는 여름, 바람에 흔들리는 미루나무와 밑동으로부터 흘러나온 그림자에 발을 내디뎌보는 한낮

근데 남자 팬티는 좀 거치적거리네 뭐가 이렇게 튀어나
왔냐? 그냥 노팬티로 잠들었다가 바지 입고 그대로 나와
버렸는데

슬슬 나와 재결합하고 싶은 하오

* 김지승, 『아무튼, 연필』, 제철소, 2020.

녹색 콜라비를 아십니까?

아랫집 사람이 잘 부탁드린다며 껴안고 온 고무 대야엔 콜라비가 한가득 들어 있었어. 악수 대신 주고받은 콜라비. 보랏빛이 아니라 연녹색. 양손으로 받아 들었는데 생각보다 더 무겁더라고. 한 개씩 옮길 수밖에. 하나로도 식탁이 꽉 차지 뭐야. 집을 떡 차지한 녹색 콜라비. 장마철이었고 양손엔 흙이 묻어 있었어. 마치 방금 전까지 묻혀 있던 것을 양손으로 파헤쳐 캐낸 느낌이었어. 오래전에 묻고 잊어버린 것을 다시 되찾은 것도 같은데 티브이에선 아나운서가 뭐라고 하는 중이었어. 심각하게 뭔가 중요한 사실을 전하는 것 같았고 나는 그것을 들어 올리는데 번쩍. 벼락이 내리칠 때 꼭 플래시가 터진 것만 같더군. 묵직하고 둥근 것이 어째 저번에 다툰 친구 녀석의 머리통 같았지.

이런 일이 있었다니까 친구가 "콜라비가 뭐야?" 물었습니다. 콜라비도 모르냐고 물어보려다가 나는 생각했습니다. 콜라비가 뭐지?

동굴을 열면

너는 흰 베일을 쓴 여자들에게 둘러싸여 있다. 여자들이 입을 모아 중얼거린다. 벌떼가 날아오르는 듯한 소리가 공중에 수를 놓는다. 벌들의 날갯짓이 끝나면, 높은 음의 노래.

연신 솟구친 땀으로 척척지근한 베개가 데려가는 어둠. 너는 난데없이 엉덩이를 걷어차인다. 끌고 가라. 불을 때라. 아궁이에 장작을 던져 넣고 불덩이를 키워라. 바람을 푸푸 불어라. 너는 부채질을 한다. 끔찍하게 덥다. 불땀이 세진다. 불길이 사그라들지 못하게 마른 장작을 밀어 넣는다. 아니다. 장작이 쑤셔 넣어지는 건 너의 입.

깜짝 놀라 눈을 떴을 때 나를 내리누르던 너의 뜨거운 몸. 너는 마른 입술을 달싹인다. 암호라도 외우는 건가. 동굴의 문이라도 열려는 건가. 밤의 동굴. 그러나 굴의 문이 열리면 벌떼가 들이닥친다. 40인의 도적들이 달려들어 매타작을 한다. 몽둥이로 친다. 허리를 작신작신 밟고 발로 걷어찬다. 잘못했어요. 이리 오너라. 살려주세요.

이야기를 해라.
천 일 동안 아팠던 사람은 깨어나 이야기를 한다.

어두웠던 사위가 붉게 번진다.
너는 마른 입술에 침이라도 적시고
부어터진 입술을 뗀다.
혀를 놀린다.

이제야 불이 붙었군.
나는 하얀 시트에 감싸여 중얼거린다.

늦여름의 침대 위에서 너는 지껄인다.
문이 열렸다.

누군가 국수 먹는 소리가 난다.

좋은데?

흔들리는 창밖으로 모래 구름이 몽개몽개 피어오른다. 오장육부가 뒤집혀서 웩, 소리 나오는데 더 쥐어짤 것도 없고. 누가 솜이라도 밀어 넣은 듯 귀는 먹먹해지고. 타이어 하나 펑, 터진다. 계속 가요? 오래된 버스가 구불구불한 흙길 오른다. 속이 빈 채 흔들리는 몸으로 시금털털한 맛이 넘나든다. 황색 구름. 나는 이만 눕고 싶은데

문이 열렸다.
나는 쏟아져 내렸다.
한낮의 열기가 방울뱀처럼 다리를 타고 올랐다.

뭐가 타오른다.
올려다보면 이글거리는 하얀 햇덩이.
땀방울을 훔치며 내가 묻는다.

이게 다예요?

흰 천을 두른 쪼글쪼글한 노인이 푸른 이를 드러내며
말한다.

이게 다야.

빛.

괜찮은데?

안녕하세요, 보내주신 치약 16갑 잘 받았습니다. 써보고 싶던 거라 바로 이부터 닦아봤어요. 거품이 구름처럼 피어오르더라고요. 이는 어찌나 반질대는지 놀러 온 친구에게도 자랑했죠. 이거 써봤냐고, 써보라고 이빨 좀 털었어요. 친구가 그러데요. 뭐냐고. 저는 이가 튀어나와라 막 웃었어요. 콜게이트 처음 보냐고요. 그러니까 녀석이 읽어주더라고요. c-r-o-g-a-t-e,

O, 크로게이트! 제 눈에 뭐라도 씌었던 걸까요? 낯이 뜨거워지는데 친구가 저한테 악어새냐고 놀려요. 악어새의 배를 불려준 악어는 튼튼해진 이빨로 물속에 잠겨 다음 사냥감을 물색하고 있겠죠. 저는 무심코 녀석을 깨물어버렸어요. 얼마 전에 동생이 그러더라고요. 언니, 얼굴이 좀 길어졌다? 저는 치가 떨리게 화가 났지만 좋은 거라고 하면서 치약을 나눠줬어요. 이가 오복 중의 하나라고 하잖아요. 얼룩덜룩 물때 낀 거울에 치약을 문질러볼 수

도 있죠. 수도꼭지를 닦아주면 윤이 난다네요. 새로 산 것
처럼요. 괜찮아요. 저는 마음을 닦기로 했거든요. 콜게이트
라면서 크로게이트를 팔아넘기고 사라진 당신이 선명하게
비칠 정도로 번뜩거리게.

순례

이런 날 신들은 어떤 음료를 마실까.
폭설이나 폭우가 온다는데 아직은
내리지 않는 하늘.

두유와 티백을 넣고 차이를 끓이자. 팔각, 정향, 실론 시
나몬이 들어 있지 않아도 차이라고 믿으면 차이라는 것이
다. 옴
샨티. 채우고 싶었던 건 온기와 평화.

사이비를 믿는 사람에게도 힘이 되는 시를 쓰고 싶어졌
다.
믿는 사람은 이미 힘이 있지. 괜찮아.
서점을 돌아다니면서
이 표지 저 표지 펼쳤다 닫으면서
무엇을 자신의 성경으로 삼을지 고민해봤다면

어디든 발 딛고 싶은 곳을 찾아 떠나고 싶겠지.
지난번엔 퇴근하다가 홍대 카페를 빌려
예수님의 생일 파티를 하는 사람들을 보았다. 아마

그 카페는 부처님 오신 날에도 사람들에게
음료를 내주겠지. 그런 곳에선 무슨 음료를 마실까.

술은 아닐 거야.
꿀꺽.

믿음만으로는 맛이 부족해
생강을 사러 나섰다가
인생샷 성지를 보고 서 있었다.

어두컴컴한 저 작은 방에선 어떤 일들이 일어날까.

놀라운 일이든 기적 같은 일이든

믿어야만 하는 일이 벌어지고 있을 것이다.

김행숙

메리를 위하여 외

1970년 출생. 1999년 『현대문학』 등단.
시집 『사춘기』 『이별의 능력』 『타인의 의미』 『에코의 초상』
『1914년』 『무슨 심부름을 가는 길이니』 등.
〈대산문학상〉 〈미당문학상〉 〈전봉건문학상〉 〈노작문학상〉 등 수상.

메리를 위하여

오늘은 내가 나무문이 되어 서 있을게. 열리고 닫힐 때마다 삐걱, 삐걱, 소리를 내는⋯⋯

그런 나무문이 되려고 눈비를 맞으며 서 있었던 건 아니지만, 긴 겨울과 긴 여름과 긴 장마를 겪고⋯⋯ 소리가 나기 시작했는데, 그것도 어딘가 꺼림직하고 불길한 소리가, 그리고 그 소리가 앞으로 불러올 것들을 메리는 밤새 상상하기 시작했는데,

폭풍우 치는 그 밤에 나무문이 어찌나 끼익, 끼익, 소리를 질러댔는지 나는 그만 목이 쉬었는데, 그 와중에 프랑켄슈타인의 독생자가 메리에게 하룻밤만 묵어가게 해달라고 간청했다. 시체들의 밤에 태어난 그는 이렇게 말했다⋯⋯

저는 온 세상으로부터 버림받았습니다. 태어날 때부터 거절엔 이골이 났지만, 제게 하룻밤을 빌려주시면 당신에게 어울리는 아방가르드한 뮤즈가 되어 당신 눈동자에 어른거리겠습니다. 나는 다시 태어나고 싶습니다. 하나둘…… 모든 별빛이 촛불처럼 스러진 다음 날 아침까지…… 진정한 나의 어머니, 밤의 전기수, 불멸의 메리는 사랑하는 친구들을 오싹하게 할 매혹적인 이야기를 들려주느라 잠도 잊게 되겠지요. 200년 후에 사람들이 공포로부터 뭔가를 배우게 된다면, 나는 지금보다 더 더 더 무서워져도 좋지 않을까요?

메리는 괴물을 기다리고 있었던 것 같다. 여러분, 귀한 손님이 왔어요! 마침 우리에겐 심장을 나사처럼 조여줄 무서운 이야기가 필요했잖아요. 메리와 메리의 친구들을 위하여 그 밤에 나무문은 깃발같이 나부끼며 맹렬히 짖어

댔는데……

서울, 2049년 겨울

> 하루 종일 줄을 섰는데 빈손으로 돌아왔어.
> 집이 얼음장 같아.
> ―최진영, 「쓰게 될 것」

올해도 얼마 남지 않았지만 우리는 새해를 기다리지 않는다.

그러나 우리는 많은 것을 기다린다. 옥수숫가루, 깨끗한 물, 아스피린, 건전지, 엄마…… 같은 것을 기다리며 하루를 보낸다. 어젯밤 나는 꿈속에서도 기다렸다. 병원 대기 줄은 담장을 두르고 골목으로 이어졌다. 그 골목 끝에서 노인이 걸어 나와 내게 말했다. 얘야, 너는 줄을 잘못 섰구나. 여기서 사람들이 기다리는 구호품은 죽음이란다. 엄마는 집에 가서 기다리렴.

30년 전에는 다른 나라, 먼 나라 이야기인 줄 알았구나. 하루 종일 줄을 서서 먹을 것을 구하고 마실 것을 구하는, 너랑 닮은 꼬마 이야기. 하루 종일 거리에서 시체의 호주머니를 뒤지고 다닌, 너랑 닮은 꼬마 이야기. 훔칠 물건이 없어서 좀도둑도 되지 못하는, 작아지는 너의 뒷모습. 서울, 2049년 겨울에 다른 나라, 먼 나라는 없어. 날씨와 햇빛과 전염병과 바닷물과 산불을 막을 수 있는 군대는 없어. 모든 것은 이어져 있어. 노인들은 과거를 그리워한다. 그리워할 것을 가졌다고 우쭐대는 것 같다. 꿈에서도 가질 수 없는 것들이 과거에는 널려 있다고 말한다. 그때는 버리는 음식이 먹는 음식보다 많았단다. 벌들이 붕붕대는 꽃밭과 사과나무밭도 있었단다. 꿀벌은 달콤한 집을 짓는 신비한 곤충이었지. 그때도 걱정을 하긴 했어. 벌들이 점점 사라지고 있었어. 과연 30년 후에 내 딸이자 너의 엄마가 살아남아서 사랑으로 너를 낳고 키울까? 미안해. 나는 그런 소망을 품었구나. 그러나 30년 후는 아주 먼 나라 이야기인 것만 같았어.

그러나 어떤 이야기는 꿈에서 들은 것 같지 않다. 죽은 할머니가 꿈에 나타나서 하는 말과 생전에 나를 무릎에 눕혀놓고 들려주던 이야기가 마구 섞여 있다. 그때는 늙은 이가 젊은이를 부러워했단다. 산 사람이 죽은 사람을 불쌍히 여겼단다. 불쌍한 아이야, 미안해……

　내일을 기다리지 않는 아이에게
　죽은 사람을 질투하는 아이에게
　내가 사랑하는 아이에게
　쓰게 될 편지를
　지금 쓴다.

12월 3일

　오늘 밤부터 12월 32일이라고 했습니다. 12월 32일을 우리는 모르지만 12월 32일은 우리를 다 아는 것같이 굴었습니다. 12월 32일이 우리에게 수수께끼를 냈습니다. 맞혀 봐! 맞혀 봐! 스무고개를 넘으면, 거긴 허허벌판, 누구라도 눈이 밝아지는 실외 사격장. 자칫하면 처형장으로 돌변할 수 있는

　설원에서 군인들이 대테러 사격훈련을 하고 있었습니다. 12월 32일이 묻습니다. 너는, 너의 용도를 아느냐? 내일 너는, 누구를 과녁에 세워놓을지 아느냐? 내일은 모르고 오늘은 아느냐?

　오늘은 모르고 어제는 아느냐?

　12월 32일은 밤이 깊어도 물러가지 않습니다. 12월 32일

은 진지를 구축하고 아침을 맞았습니다. 깊은 밤에 몰래 눈이 내리면 겨울 아침은 대체로 아름답습니다. 그러나 지나치게 많은 눈이 쏟아지면, 그것은 눈폭탄, 백색의 계엄령*, 창살 없는 감옥, 하얀 비명, 바로 그때엔 아름답다는 말! 예술이 숭배해온 문제적인 그 말! 때문에 구토를 하는 사람이 있습니다. 그의 구부러진 등으로

　시여, 구토를 하라!**

　가까이에서 보면 비극, 멀리서 보면 희극이라고 했습니까?*** 그럴지도 모르겠습니다만, 희극과 비극은 주인공의 품격에 의해 결정된다고 했습니까?**** 그럴지도 모르겠습니다만, 우리는 연극이 시작된 것도 모르고 있을지도, 그러다가 어느새 연극이 끝난 줄도 모르고 있을지도

모르겠습니다. 12월 32일은 우리를 전혀 모르는 것처럼 굴기 시작했습니다. 그때부터 우리는 12월 32일을 천천히 알아보기 시작했어요. 하 하 하, 이것이 멀리서 들려오는 웃음소리인가요? 아주 가까운 곳에서 들리는 것도 같습니다만……

* 최승호, 「대설주의보」(1982).
** 김수영, 「시여, 침을 뱉어라」(1964).
*** 찰리 채플린(1889-1977).
**** 아리스토텔레스(B.C. 384-322), 『시학』.

밤길

잠이 오지 않아서……

잠이 오게 하려고, 밖으로 나가 밤길을 걸었어

내가 없으니, 아무도 모르게 들어와 "먼저 잘게" 그러면서 돌아눕겠지

잠에게 집을 비워주는 거야, 밤에도 종알종알 개천이 흐르고 있네

옆에서 따라 걸으니, 알아들을 수 없는 말들을 자꾸 듣게 돼

잿빛의 작은 사람이 쓰러져 있었고, 나는 그를 지나쳐 계속 걸었어

밤에는 틈을 주지 말고, 누구도 말을 붙일 수 없게 빠른 걸음으로 걸어야 한다

잿빛의 작은 사람은 한 달쯤 전에 눈으로 만들어졌는데, 처음 생겨났을 땐 흰 곰처럼 보였어

나는 그 자리에서 흰 곰을 본 적이 있다, 그래서 사람이라고 생각하지 않았다고 증언하게 될 거야

생각하지 않은 생각을 하며 걸었어, 그러다가 불쑥 "우연은 비켜 가지 않는다"*는 말이 떠올랐어

꺼지지 않는 산불도 산불을 돕는 회오리바람도…… 비켜 가지 않겠지, 나는 빠르게 걸었어

쫓기는 사람처럼, 나는 어느새 달리고 있었어

자꾸 집에서 멀어지며, 천변에 늘어선 헐벗은 겨울나무와 아주 닮은 사람의 뒷모습도 지나쳤어

그는 사실 불타는 의자였을지도 몰라, 뒷모습은 감추는 게 많으니까

그러나 뒷모습은 감춰지지 않는다, 내 뒤에서 나를 지켜본 사람이 있다면

유성이 떨어지듯, 꿈이 깨어나 다른 우주로 잽싸게 달아나는 것 같다

* 줄리언 반스, 『우연은 비켜 가지 않는다』.

물웅덩이에 비치지 않는 세계

살이 부러진 우산을 쓰고

물끄러미 물웅덩이를 내려다보면, 커다란 물음표가 낚싯
대처럼 드리워져 있었다.

이제 비는 좀 잠잠해진 것 같고

물웅덩이는 오래된 거울 같다. 주로 마차를 타고 19세
기의 울퉁불퉁한 세계를 돌아다녔을 스탕달은 쓰고 있던
소설 속으로 불쑥 들어가 자신의 견해를 직접 피력하곤
했다. "그런데 독자여, 소설이란 큰길을 어슬렁거리는 거울
이다. 때로는 당신 눈앞에 창공을, 때로는 도로에 파인 웅
덩이의 진흙을 비춰······"

스탕달의 새 소설 『적과 흑』이 출간되고

어언 200년의 시간이 흘렀다. 요즘 나는 최악을 상상해
야 한다는 강박에 시달리고 있다. 그런데 물웅덩이에 비치

지 않는 미래의 얼굴이여, 내가 하는 상상이 나를 학대하는, 이 도착적인 사랑을 도무지 멈출 길이 없구나.

불안을 벽돌처럼 단단하게 굽고

나는 붉은 벽돌을 집어 들고 서 있는 것이다. 물웅덩이에 비친 음침한 세계를 또 부서뜨리려고.

도심 곳곳에서 물웅덩이가 물보라를 일으키며 일어섰다. 거울이 차선을 넘고 차도를 넘어 와장창 깨지기도 했다. 자동차가 또 속도를 줄이지 않고 지나간 것이다. 철썩 파도가 치고

당신은 택시를 기다리다가 별수 없이 봉변을 당하고 만다.

안개 세이렌

밤사이 서쪽 지역은 안개가 다시 짙어지겠습니다. 강이나 호수 주변의 도로, 해안에 인접한 교량을 지나실 때는 각별히 주의하셔야겠습니다.

그리고 라디오는 안개의 노래와 흐느낌, 기침과 휘파람, 고백과 소문과 경고를 끝없이 송출하고 있었습니다. 불시에 안개가 뺨을 후려칠 수 있으니 안개가 손을 가졌다는 사실을 잊지 말아야겠어요. 손이 하는 일은 안개도 할 수 있다는 것을……

헉, 대체 저게 뭐야, 동공이 커지며 급히 핸들을 꺾는 당신의 손! 그쪽으론 길이 없는 허공인데……

어린아이의 손, 연인들의 손, 노인의 손…… 파노라마처럼 스쳐 지나가는 시간의 손이 하는 일들을 안개도 다 한

다는 것을…… 오른손이 하는 일을 왼손이 모르게 하고
오른손도 모르게 한다는 것을……

안개의 손짓, 안개의 애무……가 혼을 쏙 빼놓으면 조
심하셔야겠습니다. 재빠르게 빈 곳을 채우는 안개가 수만
개의 발을 가졌다는 것을 잊지 말아야겠어요. 텅 빈 마음
같은 것이야말로 안개의 훌륭한 먹잇감이라는 것을……

내가 그 증거입니다. 부디 운전 조심해서…… 우리 집으
로 오세요. 두 팔 벌려 환영합니다.

해변의 전화기

동굴처럼

등 뒤는 어둡지만

트렁크를 끌고 낯선 도시의 중앙역을 나서며

숙박앱을 켤 때

작은 기계에서

비밀을 나누는 사람의 미소처럼 푸른 불빛이 흘러나올 때

내가 실뭉치 한끝을 잡고 어디론가 가고 있는 거라고 생각한다면

어디를 가든

나는 한 줄로 구불구불 이어져 있다고 생각한다면

동굴처럼 등 뒤는 어둡지만

구글맵을 켜고 숙소를 찾아가는 중입니다

어쩌다가 박쥐는 손가락 사이의 피부를 늘여서 날개를

만들었을까?

어쩌다가 사람은 손이 갈라져 반지 같은 걸 끼게 됐을까?

자꾸 생각했습니다, 등 뒤에서

박쥐 떼가 기다란 손가락을 활짝 펼치고 날아오른다면……

하늘에서

눈송이처럼 반짝이는 반지가 떨어진다면

나는 돌아보지 말라는 말을 기억하고 있어요

박쥐가 듣는 소리를 사람이 들을 수 없고

내가 듣는 소리를 박쥐가 들을 수 없다고 생각하면, 나는 목소리를 더 높입니다

나는 구걸을 하고 있어요

문을 열어주세요

외투 깃으로 목과 귀를 감싸고 바삐 지나가는 사람들에

게는 아예 보이지 않는

　과묵한 가로수처럼

　철문이 한 그루 한 그루 일정한 간격을 지키며 도열해
있는 복도를 걸으며

　그런 생각을 했어요

　손목에

　거대한 실뭉치의 한끝을 고리처럼 걸고 당신이 지구 반
대편 해안으로 달려갔다면

　달려갔다면……

　어느 날 끊어질 듯이 줄이 팽팽해져서

　새벽 세 시에 전화벨이 울린다면

　울린다면……

　내일 날이 밝으면 아름다운 모래해변을 볼 수 있을 거

라는 안내를 받았습니다

　파도는 우리에게 많은 것을 가져다줬어요

　겨울에도 서핑을 하러 젊은이들이 시끌벅적 찾아오고

　어디쯤에서

　바다가 뒤집혔을까요? 얼마 전에는 턱을 가진 물고기 사

체가 멋진 파도에 실려 와서 세계적인 뉴스거리가 됐죠

　도대체 어디에서

　오는 걸까요? 저 쓰레기들 말이에욧!

　프런트에서

　상냥하게 말을 건네던 사람이 느닷없이 화를 냈습니다

　어차피 잠을 자기는 다 글렀어, 아아

　나는 일어서서 창문을 열었습니다

　그렇게 생각하지 않을 수 없군요

　맹렬하게 벨소리를 내는 옛날 전화기가 모래밭에 반쯤

파묻혀 있다구요!

그렇지 않다면 내가 듣고 있는 소리를 어떻게 설명하
죠?

여보세요…… 여보세요……

아아아 누군가의 부름이

바람소리처럼 검은 허공을 칭칭 휘감고 있잖아요.

양안다

둘 이상의 음이 동시에 날 때
어울리지 아니하여 외

1992년 출생. 2014년 『현대문학』 등단.
시집 『작은 미래의 책』『백야의 소문으로 영원히』『세계의 끝에서 우리는』
『숲의 소실점을 향해』『천사를 거부하는 우울한 연인에게』
『몽상과 거울』『이것은 천재의 사랑』.

둘 이상의 음이 동시에 날 때
어울리지 아니하여

전쟁은 춤을 추고 있는 것이다. 싸움에서 벗어나
죽음에 들어가도 신을 보지는 못했다.
— 김구용, 「불협화음의 꽃 Ⅱ」

하나의 계절이 지나갔으나, 밑바닥에서 발톱 감춘 채로
뒹구는, 나는 나를 생각하는 돌이라 남들에게 소개하고
또 스스로 가엽게 여겨, 머릿속에서 전구가 점멸하고, 두
발은 몽유병에 속아 스스로 지뢰밭을 걸어가는, 아마 섬
망이 폭죽 되어 터지고 있는바, 벽지에서 피어난 기묘하고
도 낡은 꽃들은 세상 흔들고 방을 춤추게 만든다 새들이
졸피뎀에 취해 낮말을 꿈속에까지 물어가니, 나선형 계단
올라 꼭대기에 서면 건축물의 내장이 훤히 보이고, 눈을
질끈 감았다 뜨면 보이는 흰 꽃잎들의 행렬, 풍경을 헤집
는 낙화처럼, 조각 난 칼날, 당신 나의 작은 분신이므로 나

는 나를 잃어버릴 터이니, 누군가의 죽음으로 태어나는 귀신이여, 엉엉 소리 내어 울 때마다 낙뢰로 떨어지는 과거와 하나의 계절이 지나갔으나, "스스로 짐승 굴에서 빠져나온 기쁨을 모두에게 알리고 싶으나, 세상 사람들 내가 짐승 굴에 있었던 걸 모르네." 지하와 더 깊은 지하를 구분할 수도 없이 절벽에 대해 생각하며, 일어날 일은 일어나게 되어 있다……라고 중얼거리는 내가 있다

　나 북풍을 기다려요

　바람 불면 목련 피고

　해님 숨으니 서늘한데

　나의 발목 망설이니 갈 곳 몰라라

　꿈 많은 아이가 팔 벌리며 가로막았을 때 나의 두 눈은 구름을 보는 중이었다

　"이날까지 꼬박 10년을 기다렸어요.

　그러니 오늘만큼은 당신을 용서하지 않아도 되겠지요?"

나도 별 하나에

아름다운 말 한마디씩

불러본 적 있지요 그런데

나의 아름다운 말들이 따라 죽었어요

별 하나씩 죽어갈 때

—그러나 나의 두 눈은 구름을 보는 중이라고,

물살을 가르며 하얀

털 짐승은 유속에 미치지 못하는 속도로 멀어지고……

나는 생각했다, '꿈 많은 아이야, 너의 낙관적인 등불에

불을 붙여주고 싶다만

나의 팔각 성냥은 텅 비어 있다.

너는 이제 에테르다. 빛 속에 잠겨

빛과 같이 눈에 보이지 않는다. 누구도

너를 신뢰하지 않으니

허깨비처럼 흔들리고

소문 속으로 투신하거라.

아직 저 구름은 우리 두 눈에 훤하구나……'

두 갈래가 아닌

무수히 갈라지는 오솔길들의 정원을 갖고 싶다 비디오
테이프를 되감아봤자 나와 다르지 않은 내가 웃고 있더군
요 나는 날 놀라게 하고 싶었어 그르르르 하울링이

빈 철창으로부터 들려오는 것처럼 집어등 매달고 항구
밝히는

어선 무리처럼

횃불 무리처럼

그래요 그때 나는 양지바른 곳 찾지 못하였고, 무더기로
열병 앓는 짐승을 쫓아 구불구불 굴속에 제 발로 들어가니
세 명의 백치가 마주 앉아 웃고 있는데, 횃불 무리처럼, 누구
의 불이 누구의 것인지도 모른 채, 세 명의 백치는 서로를
그림자처럼 여겼으나, 눈 가리고 귀 막고 그렇게 두 백치가

나머지를 속이려 드니, 다시 되감아봅시다—서로를 그림자처럼 여겼으나 실은 그림자는 정반대니까? "굴속에서 엉엉 우니까 엉엉 우는 소리가 돌아오더라고요." 노랫말 부르면 노랫말 돌아오고, 믿음 보내면 믿음 돌아온다 과연 굴속에선 모든 내가 에코로 되돌아오니까? 다시 되감아봅시다—하나의 벌레는 하나의 계절 속에 죽으니 배움이 없어 안타까워라, 나의 두 눈은 벽 위로 일렁이는 백치의 세 그림자를 보고 있다 그림자 하나가 굴속에서 빠져나옵니다 남은 두 그림자는 어떻게 되었나요? 빠져나온 그림자는 가자 가자 가자 가자 멀리 걷기로 결정한다 하나의 계절이 지나갔으나, 그르르르 들리는데 그르르르 돌아오지 않고

둘 이상의 음이 동시에 날 때
어울리지 아니하여

그는 자신이 이지도르 뒤카스라고 생각한다

해조류의 꿈에서 깨어났을 때 해변이었다 그는 좁은 폭의 모래사장에 엎드린 채로 자신이 온통 젖었음을 깨닫는다 옆에는 혼수상태인 네가 있다 그리고 너에게—그는 인지하고 있다 네가 듣지 못하는 상태라는 것을—말을 한다 「그런 날이 있었습니다. 뼈가 온전히 드러난 폐건물에 앉아, 두 다리 흔들며 독주 들이킬 때, 세상은 경음악의 도입부라는 망상 속에서, 당신의 말 한마디 한마디가 나의 두개골에 대해 생각하게 만들었고, 아시다시피 귀인으로 초대된 당신이므로, 나는 당신이 왼손으로 베껴 적은 격언이었고 동시에 오른손으로 지우다 만 흔적이었습니다. 어느 날 우연히 우리가 다른 숲을 헤매고 있다면 그것은 필시 모이라이의 지나친 농이거늘, 취객의 곡조에 노랫말을 얹는 이가 없듯이, 검은 현으로 만든 악기를 어떤 이가 장난

삼아 연주한다는 걸까요. 운명들이 인간의 머리칼을 실처럼 짜내 이를 감고 끊어낸다고 믿는 이는 누구일까요. 내가 죽어가는 어류의 눈으로 당신을 바라보았듯이 당신 역시 나에게서 거울을 보았을 것. 그것을 신비라고 기록하는 건 범인凡人의 역할이겠으나, 우리의 역할은 쳇바퀴에 문고리를 달아두는 것이지요.」

　그는 주위를 둘러보았고 혼수상태인 네가 있다 그리고 해변이다 분명한 해변이다……

「그러니 그날 당신과 내가 폐건물에 찾아간 것도 서로의 목소리를 듣기 위함이요, 콘크리트 단면에 나란히 앉는 일이고, 서로의 목소리를 서로 다른 귀로 듣기 위함이었습니다. 지난여름 뇌우에게 빌린 섬망으로 내가 살았습니다. 밤중에 근거리의 섬광이 귓가를 노크하니 문을 열어주었고, 유리창에 버찌가 뭉개지듯이, 나, 혼자 미끄러졌습니다. 하나의 계절이 지나갔으나, 내가 나를 세워 두고 스스로 울타리를 친 모양새니, 나의 정신은 죄짓기보다 미지가 두렵다는 이유로 두 발을 잘라내어 말뚝으로 사용했습니다. 내가 잇몸으로 쏟은 들판에 잠겨 반신욕을 하되, 두 무릎이 외딴섬이 된다는 건 나만 나를 도울 수 있다는 뜻이라는 걸, 보여요? 나의 정원, 가꾸어요, 몸가짐과 마음가짐, 두 눈이 위치한 자리에 피어나는 목련 두 송이가 있습니다. 목련이 전방으로 피어난다면 아침이고 꽃봉오리 오므리면 해가 지니, 뭘 먹고 자라나 두 눈에 흙 부어보고, 말라 죽진 않나 눈물 흘려보고, 햇빛 피해 안대를 써보아도 뚫고 피어나는 것이지요. 꽃기운에 취해 불면에 속아 위장병 앓고, 꽃기운에 취해 구두 잘못 신어 제 발에 걸려 넘어지고, 세상 뒤집히고 나서야 울타리에서 한 발짝도 벗어나지 않은 채로, 거꾸로 서 있던 건 나였다는 걸 나에게 일러줄 수 있었습니다. "위험한 화단이다. 죽은 목련이다. 불결하게 흔들리는 야외다." 그리고 당신이 나를 분명하게 도왔습니다.」

온전히 해변이다 언젠가 온 적 있는 해변이다…… 혼수
상태이자 아침 기상하는 해변이고 밀물이 뺨을 내리치는
해변이다……

「당신 처음으로 나의 가슴을 하늘로 가져다 써, 낮이면
푸른색 덮이고 산천어 유영하니 그곳이 나의 가옥입니다.
넝쿨째 물 밀려오는 잠기운에도 눈 감지 않는 잉걸불이 나
의 가옥입니다. 말도로르가 부르는 노래와 선한 의지의 꽃
이 나의 가옥입니다. 혼의 말을 받아적는 오컬트다, 네 명
의 연주자가 황무지에 도착한다, 그것이 나의 가옥입니다.
실은 마음이 넘실거려 꼭 방패연 같았어요. 동감해요? 물
살에 나부끼는 부표였고, 창밖으로 내다보는 몬순이었고,
해골 두드리는 빗소리였습니다. 마음, 스코프로 겨냥하니
쏘기에 알맞은 크기…… 내게는 나와 어울리는 적당한
크기의 내가 필요했고, 당신, 나의 이름이 적힌 봉안함에

서 흘러내리는 피 냄새를 함께 맡았습니다.」

　해변이다 혼수상태인 네가 있으니 그가 주위를 둘러보
았다 해변이 분명하다 해변이라 믿어 의심치 않는다 그는
네가 혼수상태인 걸 인지하고 거기에 슬픔은 없다

견본주택

이곳에 살고 있다 폭설 속에서

양 떼가

떠나지 않아요 심장보다 목소리가 먼저 늙는다 심장 터
지도록

짖는구나 나의 목양견

속삭이는 것처럼

눈먼 쥐들이 고함과 속삭임을 구분하지 못하는 것처럼
답을 찾는 것처럼

속삭이는 것처럼 한 줌 미래

회양목 아래 고이 묻고 돌아오는 길

연못에서 기포가 터지는 것을 본다 깊고 깊은 곳에서
누군가가 숨을 쉬고 있구나

그러나

다 시든 정원이 나의 전생이었다고? 절뚝이는 걸음으로
설원을 횡단하는 어느 부족의 막내가 나의 이름이었다고?

계절의 이름은 계절에게 주어지고

건초 더미에서 밤을 지새웠던 일, 어느 날의 홍수에게
나의 의식을 빌려주었던 일, 빙판의 표면을 보며 물의 흔
적을 그리던 일

잠든 잿더미에게 나의 이름과 함구하던 비밀을 던져주
어선 안 된다고?

모두들 주도면밀하게 생각하는군요 범람하는 얼굴에 범
람이 있을 뿐 예쁘다고 말하지 않는군요 연기 대못 샤워
기 혁명과 소리, 야자시夜子時에 태어난

운명으로부터

이곳에 살고 있다 죽어가는 염소의 눈에서 마지막 볕을 찾아내려는 그림자가 나의 몸 한가운데에 말뚝을 박아 넣은 적이 있다 언젠가 양 떼의 울음소리를 극지방에서 들려오는 휘파람 소리로 착각하기도 했으나 누구도 모조품 같은 계절에 대해 말하지 않았다 간밤에 꿈으로부터 빌린 감정을 나의 것과 분리할 수 없다고? 눈물이 최초로 마주한 존재가 눈동자라는 걸 이해하는 밤이면 눈보라 속에서 엎어져 잠들고 싶었다 거대한 양 한 마리가 되고 싶었다 눈이 쌓인다 눈이 쌓인다 눈이 쌓인다 설원과 구름이 생물체를 닮았다는 건 이상한 일이다 어지러워요? 아까부터 심장이 자꾸 짖는 것 같아요 당신도 그래요? 이해할 수 없는 미열로 들뜨고 신이 나고 그래요? ……나도 그래요 귀를 기울이고 죽지 않은 것을 찾고 있었어요 속삭이는 것처럼

속삭이는 것처럼 어둠 속에서도 쉽게 들킵니다 이곳에
살면요 속삭이는 것처럼 떠난 적 없어요 그건 내가 아니
죠 속삭이는 것처럼 당신이 본 건 아마도 내가 아닌 속삭
이는 것처럼

아이네 클라이네 나흐트무지크

정말 눈보라였대요

이불 밖으로 두 발이 삐져 나갔는데 길을 잃었대요 눈
을 뜨니까

새끼 새가

제 날개를 모닥불에 집어넣고 있었대요 알아요 몸이 흘
러내려선 안 되죠 그래도 몸은 부지런히 기능해요 가는
말이 예뻤는데 오는 말이

미웠습니다 가시 돋친 게 장미뿐이겠습니까 단풍이

한낮의 따귀를

내리치니까

겨울이었습니다

그동안 잘 지내셨습니까 그곳은 아직도 검디검은 감람
산이 훤히 보입니까 마당 뒤편에는 무화과가 잘 자라고 있

습니까
　한 해 동안 노고 많으셨습니다
　새해엔 좋은 마음 많이 받으시길 바랍니다
　그리고 지난 십몇 년 동안 나는 위험 속에 있었습니다
선생

　선생
　아무래도 아름답지요 바둑 포석처럼 눈보라
　내가 너무 오랫동안 침묵했고
　내가 너무 오랫동안 고립됐고 자꾸 뜨거워지는 얼굴을
　식히며
　선생
　내가 반쯤 녹은 눈사람 같더군요

　사람들이 꽃다발과 안부를 주고받는 동안

내 몸은 내가 꿈에서 내다 버린 쌍둥이였다

이제 나는 죽지 않아요 내가 어디까지 감당할 수 있을
까
밉다 미워 나는 내 그림자를
남몰래 시샘하곤 했다 나보다 나를 더 닮은 것 같아서
요 나보다 부풀고 나보다
유순하고
잘 숨을 줄 알고
내가 언제까지 지속할 수 있을까 지난겨울, 얼굴에 쌓
인 눈을 털며 지평선이 빛나는 것을 바라본 적이 있다 들
불이 번지는 것처럼 태양은 일출의 장면을 만들었다 과연
그렇습니까 사랑을 사랑이라 말하면 미움이 쏟아지는 곳
입니까 눈보라였대요 알고 보니 나 혼자 볕 들지 않는 음
지에 있었대요 그래 넌 언제나 그렇게 굴었어, 소리치더

니 당신은 뒤통수를 보이며 멀어졌다 내게도 연하장을 보내주어요 아무도 날 찾지 않아요 당신은 당신의 절단면은 본 적 있습니까 나는 꿈에서 나를 자르고 엉엉 울었다

땔감으로 던져주면 좋을까 두 발을
분지르고 음향에게 전해주면 좋을까 심박수를 세다가

복 받으세요 올해에는
더 진귀한 것을 보여드리겠습니다
저를 잘 모르신다고요 그럼요 그럼요……

이번 사순절에는 꼭
사도신경을 읊조리겠습니다 자맥질을
연습하고 물과 같은 마음을 사랑하겠습니다 아멘

환영받지 못하는 삶에는 신이 방문하지 않는다 슬픔조
차 창조할 줄 모른다 마음에 대해 말하지 말아요

선생
선생의 음악
외국에 있어요

내가 다 들었다 나의 입이 발음하는 소리를 나 혼자

몬순

쓰기로 했어요 내가 영혼을 여름을 이해하려고
편지를

나에게 보내는 것입니다 안녕? 나는 여물통을 걷어차고
싶어요 마구간에서 큰 소리로 노래 부르고 세상 크리스마
스를 흔들 거예요 나의 네모난 가슴이 보여요? 폭우 속에
서 있으면 두 눈동자만 젖지 않는다는 걸 알아요?
　배수로에서 새끼 쥐들이 떠내려가고, 나의 물 마음, 내
가 연못보다 범람을 동경한다는 걸 알게 되었을 때
　"우리 마음은 내리막이다……"
　중얼거리면서, 나는 사방으로 비명 지르는 하늘 한가운
데를 바라보았다

우리 마음은 내리막이다……
나의 고장 난 트럼펫이기에

나의 꽃들은 무더기로 입을 벌리기에
나는 잿빛 여신상을 향해 희망과 동전을 던졌다
나의 화원은 꿈속에서 시들고
우리 마음은 내리막이다……

나의 밤은 영혼을 사모하고
내내 쏟아졌습니다 마편초가 꽃을 피우겠네요
즐겁지요 목이 마를 바엔
익사하는 편을 선호해요
나는 젖은 돌을 껴안고 잠들 거야
모두가 보는 앞에서 뛰어들었는데
왜 아무도 부르지 않는 거지? 가라앉고 있잖아요……
그래서 인간은 우는 걸까 두 눈을 적시려고

늦여름 어느 날, 나는 북서 방향에서 온 백인과 함께 토끼 사냥을 나섰다 백인은 자신보다 10인치는 더 커다란 활의 시위를 당기며 말했다 "이것은 나의 나라에서 애용하는 활의 한 종류입니다." 나는 산탄총의 총구를 닦으며 넘칠 듯 흐르는 강물을 보고 있었다 며칠 내내 비가 쏟아졌기 때문에 토끼의 발자국이나 흔적을 발견하기 어려울 거라 생각했다 "토끼를 사냥하는 가장 쉬운 방법은 토끼의 마음을 이해하는 것입니다. 내가 당신에게 언어를 배웠듯이 당신은 내게서 마음을 배워도 좋습니다." 나는 덤불을 헤집으며 숲으로 걸어가는 백인의 뒷모습을 바라보았다 문득 거대한 숲이 나의 정면에 서 있었다 잎사귀 사이로 쏟아지는 빛, 그물에 걸린 물고기처럼 헐떡대며, 나와 함께 걸어요, 라고 말하는 빛 한 점을 나는 보았다

나와 함께 걸어요

나와 함께 걸어요

그래

나도 나에 대해 더 알고 싶구나

어디로 가는 게 좋을 것 같니

물 많은 곳이요 그곳에 저를 풀어주세요

저의 꼬리

물살을 끊어내고 어디로든 헤엄칠 수 있으니까요

지난번에는 누구의 꿈을 들여다보고 왔니 그것을 내게
들려줄 수 있겠니

저는 당신 할머니가 꾼 태몽을 보았어요 뒷산으로 산나
물을 캐러 가는 꿈이었죠

커다란 뱀 한 마리가

당신 할머니 앞으로 기어 나오더군요

그 뱀은 곧 태어날 손주에 대해 한국어로 떠들었지요

그리고 당신은 지금 제 앞에 있어요

메리 고 라운드

비로소 여름이다 입구에서 산불이 났는데

출구에 초원이 있었다 검은 뿔 염소들이 메에에 울고
나는 이런 내가 싫어요 메에에 내가 염소를 따라 울었다

언제부터 내가 선생이 된 거지? 너는 숲속을 헤맨다고
말한다 사냥꾼은 네가 남긴 발자국을 따라 뒤쫓았고

사슴들이 너의 춤을 훔쳐보았지 너는 선생 선생, 하며
날 찾는다 나는 누구에게 길을 잃었다고 고백할 수 있는
거야? 언제까지 혼자 울어야 하는 건데? 비로소 여름이다
너의 꿈속에서

학생,
학생의 본분을 잊지 마십시오

비로소 여름이다 비로소 슬픔이고 누구나 여름을 열망

했다 여름 한 입 베어 물고 죽은 듯이 잠들고 싶어

  심장은 어떻습니까
  다리를 저는 개처럼 나는 심장을 절었고 우비가 불타고
있었다 꿈 밖에서
  내가 울었는데 꿈속에서 폭우가 쏟아졌다 불은 우비에
게서 멀어지고 있었다 꿈속에서 내가 울었는데 꿈 밖에서
우는 이가 없었다

  폭우는 우비에게서 멀어지고 있었다 흩날리는
  재처럼
  거짓말을 해도
  혓바닥이 갈라지지 않는 것처럼

  열 밤만 자면 돌아온다고 했잖아요

당신,

나는 가끔 당신에 대해 생각해요 원망했고 저주 퍼부었
고

그래 한때 당신을 동경하기도 했지

지금 내가 당신과 얼마나 닮았는지 생각해요

생각해요 당신을 만나지 않았다면 어떤 미래가 도래했
을지에 대하여

생각하다가

그거 참 흥미롭군요 무엇을 찾아

그토록 애타게 울부짖고 있습니까 둘러보세요 이곳은
온통 울타리로 가득합니다 그리고 초원이 있지요

기분 좋게 풀을 씹어 삼켜보세요

그게 마음입니다 씹고 삼키고 씹고 삼키고, 네, 그렇게

요 마음을 감춘 채로 자꾸 편지 보내지 마시고요……

　나는 괴로워요 하지만 나는 괴롭다고 말할 수 없단 말
이에요 선생이란 그래선 안 되는 법이니까

　계절의 반복에 대해
　생각한다 생각에 대해 생각하는 것을 반복한다

　아이들은 왜 꿈속을 헤매는 걸까

　심장이 아파요…… 너에게 이런 말을 해도 돼?

　네가 학생의 역할에서 벗어나지 못한다…… 너를 한심
하게 바라봐도 돼?

얼굴에 연고 바르고요 새살이
돋겠지만 비로소 도넛이고요 한 입 베어 물고
죽은 듯이 침묵하는 사람이 있네요 비로소

나는 여름입니까 씹고 삼키는 건 염소의 전유물이 아니
다

나도 알아요 메에에 그거 참 듣기 좋은 소리지요

인간의 탈

당신 곁에서 늘 함께 걷는 제3자는 누구입니까?
내가 세어 보았을 때 오직 당신과 나, 둘뿐인데
그러나 내가 하얀 길을 앞서 내다볼 때면
언제나 다른 이가 당신 곁을 걷고 있습니다.
갈색 망토에 싸여 미끄러지듯 걸으며
두건을 쓴 모습인데
나는 알 수 없습니다 그가 남자인지 여자인지
—하지만 당신 곁에 있는 그 사람은 누구입니까?
—T. S. 엘리엇, 「What the Thunder Said」

묘목이 묘목의 모습에서 벗어날 적에 산양 한 마리 절벽
에서 떨어진다

산자락에 밤이 오면 날짐승조차 두 귀를 세우고, 조갈
을 해결하는 데엔 적기가 없어, 한 줌 웅덩이에 고인 물에

도 머리 처박는 것이니, 절벽에서 실족한 산양이 실은 온 몸을 적시고 싶었던 것이구나 제 몸에 새끼 밴 줄 모르고 절벽 사이를 뛰놀 때, 습지에 몸을 숨기는 뿔이끼조차 밤새 폭우의 꿈을 꾸지만 산양은 지난 꿈을 절벽에 떨어뜨리고 잊어버리니, 그 꿈 가운데에서 고목에 몸을 비비는데 갈라진 틈새에서 빛 한 줄기 불쑥 튀어나오며, "이 빛을 너의 몸에 두른 채 사십구일 꼬박 넘기면 인간을 이해하게 되리라. 도약은 그대 발목과 먼 곳에 있지 않도다."

생물의 성대에는 세상 악기가 깃들어 있으니 그것이 곧 가면이요 진창이고 잠든 사이에 목덜미를 스치는 은장도로구나 꿈 깬 후에 산양은 유행가 한 소절조차 부르지 못하니, 필시 보리수나무가 미풍에 흔들리며 춤의 꿈을 꾼 것, 물 먹는 소리가 들리면 달려드는 짐승이 있다 하여 산양은 내내 마른 혀만 들썩이고, 그것은 지난 계절에 죽다 살아난 어미 새의 소문이라, 악기여, 당신들은 너무 말이 많다 계절감이 매시 바뀌듯이 목소리는 모래알 되어 흩어지고, 차갑도다, 눈더미 속에서 붉게 물든 손등처럼 열꽃, 피었도다

　산양은 인간에 대해 골몰하는 것이다 도끼의 날이 벼락을 닮지 않아도 나무를 쓰러뜨릴 수 있듯이, 산양은 인간 얼굴에 대해 골몰하는 것이다 산양은 인간의 노랫말을 따라 부를 수 없고 인간은 절벽 사이를 뛰놀 수 없구나 산양은 보리수나무가 꾸는 꿈의 개수에 대해 골몰하는 것이다 산양은 인간의 꿈이라도 꾼 것처럼 높이에 대해 골몰하는 것이다 묘목이 묘목의 모습에서 벗어나고 있구나 이해하고 골몰하는 것이다 어제 절벽과 오늘 절벽 다르고, 햇빛마저 매 순간 모습을 바꾸는 것이니, 몸을 뒤트는 그림자는 절벽의 발작이 되어 불면한다 죽은 어미 몸에서 새끼가 저 혼자 기어 나오는데, 새끼는 죽은 어미를 보고도 어미라고 인지하지 못한다 처음 마주친 그것, 골몰이

끝나도 끝내 불가해한 탈 하나가 있는 것이다 인간

윤은성

남아 있는 여름 외

1987년 출생. 2017년 『문학과사회』 등단.
시집 『주소를 쥐고』 『유리 광장에서』.
〈문지문학상〉 수상.

남아 있는 여름

풀이 있는 길을 알아. 나는 시멘트 포장된

희고 거친 잔물결 무늬가 팬 길을 기억한다. 비탈과 볕
과 그늘을 기억한다. 나는 사라진다. 목욕탕 옥상 위에서
누운 채 깨어났다.

빗방울이 닿고.

당신을 떠올렸다. 불렀다. 거기에 시가 있었단 걸 어렴풋
이 느꼈다. 잠의 둥근 모양이었다. 헤엄치는 마음으로 저녁
을 맞았다. 얼굴에 이끼가 피고. 잔물결 무늬에 물이 고였
다.

내 등에선 풀이 거세게 자랐다.

*

돈이 필요하지 않았고 그래도 돈이 필요한 날들이 한없

이 이어졌다.

더운 계절이 이어지고 있을 때

할머니나 할아버지들이, 여자와 아이들이, 서로의 머리
맡에 감자나 익은 앵두, 옥수수를 두고 갔다.

목사님은 찾아와서 이마에 손을 얹고 기도를 해주고 가
셨다.

내가 아팠던 게 감기 때문인지, 태어났기 때문인지, 마
을의 가부장이 누구인지 알아버렸기 때문인지 조금 헷갈
린다.

헷갈리지 않는다.

마을의 언니들이 종종 나를 안아주거나 나를 버렸다.
버리는 인형들을 내가 주워왔다. 지나다니는 아이가 없으
면 배가 고프지도 않았다. 나는 없음을 알았다. 자꾸 흙의

색이 붉거나 검게 변했다.

　죽지 않은 개, 잡히지 않은 개, 버린 개, 홀로 살아난 개,
뜬 장 밖으로 어떻게 나왔는지 알 수 없는 개들이
　산을 오르고 내려왔다. 나는 있음을 알았고, 사라짐을
알았다. 죽임도 알았다.

*

　내가 아빠를 찾으러 간 길에서는 커다란 뱀과 작은 뱀
을 차례로 봤다. 커다란 뱀이 나를 보고 놀란 눈치였다. 나
는 사라지지 않고 뱀에게 나타났다. 뱀에게는 시가 필요가
없는지, 뱀에게 시는 나의 시와는 또 다른 무언가인지 조
금은 궁금하다.

정말 궁금하다.

슬픔과 분노를 구분하지 못하는 작고 큰 사람들이
우리 집엔 많았다. 풀이 집에 많듯이.

*

옆 마을 돈사에서 화재가 발생했다. 나는 시가 돼지의
몸으로 타버린 걸 상상했다. 목이 마르고
　글자들이 살에 눌어붙었다가 부서지는 시간 내내 그러
니까 아주 오래
　타고 있는 시를 봤다.
　뉴스 안쪽으로 그리고 그 바깥으로 화염이 인다. 돼지
는 형체가 남았다. 나는 내 얼굴과 팔을 자주 더듬었다.
마른세수를 했다. 알 것 같은 남자가 뉴스에서 울었다.

내가 태어난 이유가

문화적인 이유에서였다고 생각하면

내 입안 양쪽 볼과 배 안에 누른 살점들이 차오르는 기분이 든다.

치아에 살점이 붙고 썩는 기분이 든다.

붙어서 함께 썩는 시를 봤다. 옥상이 있던 작고 흰 페인트칠 된 건물은 내가 성인이 되기 전 부수어졌다. 부수어지다 무너졌다. 무너졌고 더 부수어졌다.

아랫집 노인이 결국 담을 다 고치지 못하고 돌아가셨고

내 아이가 담 위에서 놀 때 마침 무너졌다.

*

아랫집 노인이

태몽을 자꾸 내게 일러주러 온다. 풀이 자라라고 내버려
둔 담장들이 풀 속에서 시처럼 놓여 있었다. 돈사에서 돼
지들이 다시 태어나려 했다. 돈사 바깥의 시들이

돼지를 다시 임신시키려 했다.

덜덜 떨며 풀포기를 붙잡았다.

용달차가 오자 나는 치마가 벗겨지는 줄도 모르고 짚
속에서 나왔다. 저긴 이미 다 타버렸는데

나는 줄 돈도 받을 돈도 없었다. 마을이 타버렸고 나도
거기 없었다.

다리를 다쳤던 내 아이가 자랐다.

엄마의 꿈이 내 꿈에 섞였다.

노래할 차례

선언했던 이들이 집 밖으로 나서고 있었다.

나를 위해 기도해 줘. 그리고 함께
이야기하자.

법정에 서기 전이었다. 소들이 편안해 보여. 떨고 있는 그
에게 속삭였다. 내가 한 말들이 미래에 관한 건지
짐작에 불과한지
묻지 않은 채였다.

그는 벌금형을 받았다.

소들이 자면서 서로에게 나직한
노래를 불러주는 것을
그가 사는 마을에선 평범한 축복으로 여겼는데

작은 언덕과 초원들이
벌써 많이 사라지고 있었다.

가장 노래도 잘하고
돈도 잘 벌어다 주는 소들이 택해지면
모두 얼어붙거나 울적한 마음을 감추지 못했다.

끔찍하고 아픈 날들이다.

서로의 눈과 귀를 가려주게 되다가도
우리는 다시 얼굴을 들여다봤다.

그때도 노래를 하자고.
그건 어려운 일일 수 있겠지만

소와 함께 풀과 과일을 먹지 않았다면

알아듣기 어려울

선언 이후의 노래를.

전보다 더 가난해졌다. 새롭고

오래전부터 전해져 내려온 풍성하고 단순한 요리를

함께 나누었다.

어떤 친구들은

사랑을 새로 시작했다.

노래가 아닌 것은 이제 보이콧하자.

나는 소가 하는 말을 천천히 옮겨
적었다.

서로의 먹을 것을 챙기며 노랫말을 생각하는 슬픔들이
비밀스럽게 자랐다.

이른 아침
법원으로 향했던 이들이 마을로 돌아오고 있었다.

다시 새롭게 불복종할 차례였다.

저지대

개의 숨소리를 들었지
하루쯤 더 맑은 마음으로

살고
없고
동맹을 맺고

불안해한다
가까스로 구름을 바라보게 되는 들판

우주가 지금도 넘실거리고 있단 것을
매일 새롭게 믿는 어린 과학자처럼

화분에 물을 주고
지지대를 세워주고

다시 동맹을 맺는다
눈이 녹다가 다시 얼기를 반복하는 겨울에

개를 데려왔다 그는 무언가 잃어버렸고

곁에서
잠이 들었다가 깨고 꼬리를 흔들고
담요를 물어뜯고
부르면 놀란다

이건 바닥에 난생처음 발을 내디딘
큰 개의 이야기

답 없이 물음만으로도

계속되는 이야기

문을 열자 개도 나도
처음 보는 광경이었다
우리가 처음으로 디뎌도 되는
눈이었다

프레임 안팎의 베크렐*

한동안 바다가 찍힌 사진을 봤어. 생각에 잠겨 지내. 찾
아간 모래사장에는 아이들이 많았고
  가족들도 있었지. 그거 알아? 이제 이런 풍경은
  내게 익숙하고도 매번
  낯설어서
  어떻게 새롭게 옮길지
  난감한 마음이야.

  파랗고 눈이 시려.
  겨울의 바다가 지금과
  다르지 않을지도 모르겠네.

  지금은 평온한지.

  6월이야.

화창하고 더워.

빛이 있고, 숨이 있고. 소금기 어린 멈춘 공기가 있었어. 걸음들이 있었어. 할 말을 잃고서. 너무 큰 정적이 자꾸 소리를 삼킨단 걸 알았어. 들으려 노력하다가. 울렁이는 마음을 눌러둔 채.

걷고 멈춰서 보았어.

한동안 아이로 돌아가 몸이 따갑도록 놀다가 나와도 좋을 것 같았어. 어쩔 수 없다는 듯 깔깔 웃으며 서로를 해변 밖 바닷물 쪽으로 밀어내는 장난을 쳐봐도
좋을 것 같았어.

우린 그런 웃음을 정말로 지을 수는 없었지.
그런 장난도 칠 수는 없었어.

우리는 저마다 바다 사진을 찍었고.

나는
내가 그 바다에 속할 수도
속하지 않을 수도 없이
조금쯤 어정쩡한 채로
누군가의 손을 놓아버린 마음으로
죽음에서 나만 살아 돌아온 심정으로
하루를 살아.

개와 함께 산책하고
돌아와 집 안 곳곳의
불을 밝혀.
밝혀둔 채 깜빡
잠이 들었다 깨고.

다시 하루가 시작되면. 사진 속 보이지 않는 곳은
관을 끌고 가는 사람들이 줄지어 선 마을이야.

아이들이 블루베리를 따다가 서로에게 먹여줘.[**]
관을 끌던 사람들이 집으로 되돌아가고.
가족이 돌아오면
과일과 식사를 권하고 함께 들어.

손님도, 오래 누웠던 반려자도,
잠시 안아본 자손들도,
멀리서 찾아오곤 하는 잘 우는 사람들도,
경청하는 사람들도,

언젠가부터 보이지 않게 된 마을 주민들도.

같은 바다마을에서
같은 볕과 공기에 싸여서
발이 묶인 채로
관을 끄는 사람 곁에 서서
하늘을 바라봐.
카메라 렌즈를 바라보듯
서로의 눈을 마주쳐.

몸 안 모르는 곳이 속속 망가져가는데.
보이지 않는 창살 속에
갇혔지.

여기서
살아서 나가는 방법이 없냐고

관을 끌던 사람들이 학자나 공무원을 붙잡고 물으면
같은 대답들이 돌아와.

이곳은 깨끗하고 안전한 곳이라고.

이곳은 깨끗하고 안전한 곳이라고—.

*

저길 가면
일부러 보여주기 위해 기르고 잡아먹는
물살이들이 있대.***

갇힌 물살이를 그날의 우리가
만날 수는 없었고.

짙은 파란색 바다 앞으로
우리는 걸었지.

바다에 몸을 담그고 웃는 게
기이하지 않은 여름을 상상했지―.

언제 터져도 이상치 않은 몸들이
그림자 끌고서 긴
여름으로 들어가.

들어가.

핵발전소가 줄지어 선 곳 맞은편
바다가 너무 파랗고

시리게 빛났을 때.

* 베크렐Becquerel, 방사성 물질이 방사선을 방출하는 능력을 나타내는 국제단위. 1베크렐은 1초 동안 1개의 원자핵이 붕괴할 때 방출되는 방사능의 강도를 의미한다. (원자력안전위원회 원자력안전규제 용어사전)

** 전국 핵발전소 인근 지역 주민과 운동가들을 찾아 인터뷰한 기록집 『싸놓은 똥은 치워야지 않것소』(도서출판 말, 2024)에 기록된 황분희 월성핵발전소 인접지역 이주대책위원회 부위원장의 이야기 속 한 장면을 변형함.

*** 환경운동연합 권우현 활동가의 말을 변형함.

기후 시 아님

내 살에

흙이 차고 트럭이 오가고 활주로가 들어섰어. 그런 상상 자주 해.

전투기가 이착륙하는 횟수로 여름을 기억하게 되었을 때

귀와 날개뼈가 망가져 있더라.

칠면초인 줄 알았는데 이리저리 튀어 있는 누군가의 피더라. 거기가

몸이란 것조차 잊게 되는 길고도 짧은 시간에

내 몸에서 새는

멀고

새는 귀엽지—.

집을 나섰지, 고향을 떠나는 여느 청소년들처럼.

서로를 파는 사람들을 봤고. 자신을 파는 사람들을 봤
고. 견디고 부서지고 엎어져 얼굴이 상하는.

친구들은 대개는 돈이 없었고, 있어도 우스웠고

어떤 날은 정말 큰돈이 필요했다—

앉을 곳을 찾지 못한 채로
갇힌 습지 위에서 맴돌고 있는 새들—

너무 많은 새 떼를 보고 왔다.

나는 두렵다. 체한 몸으로 아름다운 것을
보고
두려운 것을 본다. 걷는다.

물기가 남아 있는 곳에 새로운 물이 모이고. 수거한 탄
피를 모으고 죽은 사람들을 기억해내는 죽음과 평화의
마을*에서
수풀이 자라고 매화 피고

여름새 다시 와 자고 깨고 동료를 부르는
이 모든 게
이상하지 않은 마을에서

짙다는 이름이 붙은
섬까지 걸어 들어가며 낯선 새들을 가까이서 볼 수도
있는데.

모인 새들이 주장 없이도 먹고 쉬고,
지킬 방법을 몰라도 지키려는 사람들이
부지런히 안부를 묻는데

있잖아,
나는 어제도 울었거든. 어딜 가도 나의 빛은 흔들렸다
유리가 되었다 깨져 튀어버리기도 하는데. 이 장면들 또다

시 기억하다 시를 쓰고 다시 멈춰.

혼자 견디는 날들이다. 이런 날이 내겐 많아.

매립된 갯벌에서 네가 본 것을 적고 있겠지.
밥을 먹거나. 새 노래를 만들겠지.
맞아, 나는 네 할 일을 하는, 흔들리는 너를 떠올리고
살아.

그런 소식이 내게 또 다른 기후다.

어디에나 있고
어디로도 떠날 수 없으며
죽음과 선의 중에서 본 것을 고르다가
당황하는 얼굴에 깃들게 되어버린 여름 속 사실들

보이지 않는 것을 보다 그만

미치거나 눕거나 거리로 나선 서로 다른 동물들

욕망의 목록과 질병의 목록이 아름다움의 목록만큼 적

히는 동안

살 곳을 다시 찾고 직장을 구하고 부모님을 이해하고 혐

오를 이해하고

거리에

모인 사람들 앞에서

발언문을 낭독하는, 끊임없이 동시에

일어나는 일들

그래 이 기후에 나는 적고

이 살육에 나는 다시 바꾸어 적는다.

매번 어리둥절하다가도

웃고 적고 기를 쓰고 안부도 물으며

살아서 계속 서로의

기후가 되고 있었다고 적으면서—.

팔고, 쓰고, 초대한다.

점점 아파가고 건강한 체하면서

먼 네게

기후라는 이름을 붙여준다—.

* 화성 매향리 갯벌과 쿠니 사격장과 화성습지를 떠올림. 미 공군은 1952년 경부터 農瀯섬을 50여 년간 폭격 훈련장으로 사용했다. 지역 주민들은 그로 인한 극심한 피해에 시달렸다. 매향리 갯벌을 포함한 화옹지구는 수원군공항 예비이전 후보지로, 다시 경기국제공항 후보지로 지정된 바 있다. 이곳엔 해마다 물새 15만 명命 이상이 찾는다.
(http://www.joongang.tv/news/articleView.html?idxno=138122 참고)

푸르다
—적응 아님

빛을 봤어. 푸르고 익숙하고 낯설었지. 조금 멀리서. 소
금 냄새가 날 것 같았어. 간직했지, 내가 본 썩 괜찮은 기
후의 이미지를. 기후로 명명하지 않은 채로 놀았고. 나무
의 그림자를 덮고 잠들 수도 있었고. 물려받은 옷처럼. 우
연히 찾아낸 비밀 장소처럼.

나는 나의 작고 큰 기후를 즐겼다.

알아갔다.

그걸 보았단 걸 잊는 날도 많았어.

내 것이 아니라고도 생각했고.

*

무리를 잃은 철새가

혼자 남았단 걸 자각하면 어떤 기분일까. 낯선 여기서도

동료를 찾고 새 여름을 나고 잘 곳을 찾는 게
불가능하지 않을 거라 들었어.
옮겨 가지 않아도 어쩌면 살아낼 수 있겠지.
예전에 어땠는지 기억하지 못할 수도 있을 거야.
이날들에

어떤 일이든 일어나버린다니

하지만 사실일까—

적응이 목표일까— 노을빛 새롭다.

긴장한 채 허기에 차
추락하려는 새가 있을 것만 같아서
계속 올려다보게 되더라.

오늘은 너 없이 나 혼자서도 남은 해변을 걸었고

쓰레기를 주우며 거니는 새벽의 여자들을 마주쳤어—

뭐라도
하는
아이가 있거나 없고 국방과 기후와 난민을 한꺼번에
바다에서 보는 게

그저 일상이 된 땅의 끝 여자들을—

나는 날아가지 않고
이끼와 조약돌과 모래땅 위에 섰네—

혼자서 견디는 도시에서의 밤

내가 몰랐던 사이에 물에 잠긴 마을 소식을
뒤늦게야 듣는다.

*

숲이 불타올랐을 때
새가 불 밖으로 날아가지 못했을 때
묶인 개가 마을에서 빠져나오지 못하고
노인들이 집을 잃었을 때

묶인 개, 묶인 개, 화염 속의 묶인 개
진화된 마을 속 자욱한 연기를 헤매며
남은 동물들을 살피러
누군가는 떠났고

발전노동자들의 미래가 자꾸 새로 결정됐고

누군가는
흐르는 강물을 막지 못하도록
잠긴 채 돌아가며 잠을 유예하고

물에 휩쓸리지 않기 위해
동료를 붙잡으며
붙잡으며
용서하며
용서를 용서하며
용서하지 않으며

상한 마음을 사랑이라는 말로 쉽게 대체하지 않으며

그 대신 노래를 부르고
자꾸 소식을 보냈지.
싸움을 이어갔지.

싸울 대상을 동시에 새로 알아챘지―.

*

나는 도망도 치다가
노랫말을 만들고 너에게 들려줘. 편지를 쓰고 띄워. 같
이 본 여러 색깔 빛들과 땅의 촉감, 우리가 만난
강과 숲과 고래들, 작고 큰 신들에 관해 말해.

어느 날 돌이나 소가 되기도 하는
너의 말들을 옮겨 적고

아직 덥지 않은 여름에 다시 만난 우리가 한
소중한 일 몇 가지는

서로의 마음을 헤아리는 침묵을 알아본 것.
알아보지 못함을 고백한 것.
더 약해지고
의젓하고도 웃긴 표정으로
비밀 아닌 말들을
비밀처럼 나누는 것.

이 편지와 빛깔이 내내 움직이기를

커다란 빛의 끝
이어 붙인 각자의 노래가

끊이지 않는

아주 어두운 밤

들풀 냄새와

네가 밤새 만들어 비춰준

노래—.

여름 문

유리병에 물을 채웠다
개가 나를 이끌었다

종원이가 돌아온다고 했다
마중을 가려던 내게

해가 느리게 졌다
넌 이제 어떻게 살 거야?

부르면 개가 더 멀리 갔다
잡힐 듯 돌아봤다

헐거워 떨어뜨린 모자를
뒤돌아 주울 때

넋,
푸르고, 길고, 시시각각 다른

누나는요?

창릉천에서는
빈 마음의 신들이 매년 휩쓸리고
뻗고 가득하고

페달을 돌리는 사람들, 여름,
겁을 먹고 오는 개

느린 안부 바깥으로
길고 긴 천막이 실처럼 멀리 드리워져 있었다

잠들지 못하거나 개가 오래 짖으면

옷을 다시 갖추었다

찢어진 채

살아 문을 열어뒀다

주민현

보따리 안기 외

1989년 출생. 2017년 『한국경제』 등단.
시집 『킬트, 그리고 퀼트』 『멀리 가는 느낌이 좋아』 『연희와 민현』(공저).
〈신동엽문학상〉 수상.

보따리 안기

보따리에 모든 짐을 싣고 떠나는
여자의 뒷모습을 보았어*

천천히 움직이는 파리의 전경
멈춘 듯 날아오르는 새들 보고 있으니

여자가 길을 떠나는 게 아니라
길이 여자를 떠나가는 것처럼 보였지

보따리 가득 무엇이 실려 있을까
상상을 펼치면

거기엔 냉장고
거기엔 신발
어릴 때 너무 좋아해서 닳아 해진 인형

가장 빨리 헤어진, 그래서 가장 오래 마음에 남는
사람의 액자

어쩌면 지나온 시간의 삼라만상

꽁꽁 묶어 싸매면 어디로든 떠날 수 있지
그건 보따리가 가진 힘

생마르탱 운하에는 노숙자들의 텐트가 있었다고 해

길에서 거주하는 몸
흐르는 세월에 맡겨진 몸 들이 여기에 있어

보따리를 잠자리채처럼 들고 다니면
그 모든 시간의 잔상

후회와 서사 기쁨과 어려움 담기고

봄에서 겨울로 겨울에서 여름으로
이주하는 시간 속에서 새들은 언제나 날아오르네

길을 건너고 공원에 앉으며
지상에 잠시 모두와 함께 머문다

그럴 때 연못의 잉어 떼와 행인은
저마다의 보따리를 흔들며 가는 서사의 꼬리들

고개를 돌려 내게서 만들어진 몸을 본다

펼쳐진 책에는 춤을 추는 동물들 그림이 있고
작은 몸은 춤 너머 일렁이는 들판을 바라본다

이마와 이마가 부딪힐 때
손과 발이 뒤엉켜 교차할 때
딛고 일어서는 몸은 또 다른 몸의 토대가 되고

몸과 몸이 덜그럭덜그럭 부딪히며 굴러가는
보따리 안에서 잠이 든다

이곳에선 시간의 흐름을 알게 되는 것만 같다
시간이 영원히 멈춘 것만 같다

감자 한 알을 맑게 씻어 찐다
막 태어나 웅크린 몸 같은

감자 한 알이 데굴데굴 바닥을 구른다

영원히 흐르고 있다

* 김수자, 「보따리 트럭-이민자들」, 단채널 비디오, 컬러, 무음, 9분 17초, 2007.

애드 코엘룸*

우리는 고장 난 기타를 안고 달리네
지나치는 풍경은 황무지
폭우와 동시에 곳곳이 불타는 광경

덜그럭, 고장 난 트럭을 타고 달리네
지나온 길 위로 두부 같은 눈이 내리네
밟으면 우르르 자갈이 되는

가볍게 머리를 두드리는 구름 소리
산사태에 떠밀려 내려오는 동물들의 소리
오오오 하고 말할 수밖에 없게 되는

으으으 하고 속삭일 수밖에 없게 되는
세계는 허물어지는 사탕

혀 속에 굴리며 마더 텅
텅 빈 언어를 발음하고 배우고 다시 가르칩니다

눈은 무한 반복되며
햇빛은 무한 복사되며
건조한 나무문의 삐걱거림
이윽고 아귀가 맞지 않게 되는 모든 것

너는 만지네
내 손에 난 장미나무 가시 모양의 흉터

아주 어릴 때 깊은 잠에서 깼을 때 처음 마주한
비비추 모양, 아니야,
자꾸 만져보게 되는 오래전 덧난
딱지의 모양, 아니야, 아니야,

이건 우리가 기르는 풍경의 손잡이

안아 인간이 더 안아 인간을 깊이 안는다
더욱더 껴안아
덩어리짐
뭉개짐
짓이겨짐

뭉게구름 됨

구름이 되어 바라보는 풍경의 정확함 복잡함

폐허의 단면을 자르면 허물어지는 케이크
흘러나오는 핑크빛 우주

구부러지는 구름
조각의 일부는 영원히 녹지 않는 눈

달리는 속도로 말하면 무슨 말을 했는지 알 수 없게 돼
미치광이의 속도로 굴러가는 여름

네가 말하는 음악을 듣지 않으며 상상해
한여름에 내리는 눈 맞으며 팔 벌린 기계 인간의 마음
을 상상해

갈퀴로 긁자 딸려 나오는 생각
잘 땋은 초록색 머리가 펼쳐지고 밭 밭 녹차밭

동문서답으로도 대화가 되지
서랍과 해답을 열었다 닫지

엉거주춤 엉거주춤도 춤이라 그렇게 자세를 배우는 거지
롤러장 톰보이 계속되는 여름

굉장한 여름이야
마치 그렇게 말하기 위해 최선을 다해 웃는
이 길 끝에 뭐가 있는지도 모르면서 멈추지 못하는

트럭은 기타
너는 내가 안은 기타

죽은 사람들은 발라드를 부르지 않네
널 위해 노래 부르지 않네

* Ad Coelum. 라틴어로 '천국까지'라는 뜻.

마트료시카

내 배를 가르고 지나가는 선
그 안에서 아이를 꺼내고
엄마를 꺼내고

내 배를 가르고 지나가는 선
슬픔과 주머니를 달고 오는 아기들
그들의 뼈와 재 꺼내고

층과 층 사이에서 계단과 계단에서
몰래 입 맞추는 사람들
오늘 밤에는, 중얼거리며 때를 노리는 노름꾼, 부랑자 꺼
내고
그들의 기이하게 빛나는 눈빛 꺼내고

내 배를 열어

그 안의 나선계단을 내려가면 약국과 시장이 있고
시장의 마술적인 술렁임과 불빛 있고

아이가 더 어린 아이를 낳고
그 아이가 다시 아이를 낳고 아이를 낳는
기이한 서사의 움직임

서사적으로 만들어지는 계단과 계단의 서사

선언하고 집을 떠나는 소녀들
그런 소녀들이 낳은 수녀들

소공녀와 수녀와 어릴 적 다락에 버려져 자라난 자매들
이야기
  내 손을 잡아끌고

불탄 광경 날아오르는 재 강렬한 눈빛의 여자들
먹이고 입히던 여자들 꺼내고

할머니에게서 엄마에게로 땋은 머리가 땋은 머리로
길게 늘어뜨려 망토처럼 휘두르던 그 긴 머리카락들로

보자기 만들고 헝겊 만들고 이불보 만들어 지어서 긴
옛날이야기를 만들고

옛날 옛날에 쫓겨난 바리데기 이야기 길 떠난 백설공주
이야기 옛날 옛날에
자기 자신으로 살아가서 행복하고 불행한 사람들 이야
기

나는 딸에게 이야기를 들려준다

괴물이라 불리는 존재 이야기
지옥에서 살아 돌아온 뱀파이어 이야기
수수께끼 같은 이야기 폭풍 같은 이야기 영혼과 신 이
야기

저기 봐
죽고도 죽지 않고 죽지 않고도 죽은 영들 껴안고 껴안
고 안기면 춥지 않고 다시 불을 피우고 둘러앉고 불길이
되고

불과 재 피와 눈물을 지어 끓인 이야기 끊어졌다 이어
지는
주파수 같은 이야기 주름 같은 이야기

계속한다 하고 있다 여자들이 하고 있다

그 너머로 어린 내가 더 어린 나를 내려다봅니다
분열하고 분열하여
어린 내가 더 어린 나를 그보다 더 어린 나를

람다, 차가운

과학을 전공한 네가
암흑물질에 대해 알려주었어

은하를 채우고 있는 투명한 물질

그건 아마도 비가시적으로 존재하기
몸 없이 꿈꾸는 몸 되기
자유로운 영혼 되기

세상엔 수수께끼 같은 존재와 물질이 많아
생각하며 잠들었다가

깨어보니
내 몸이 투명한 암흑물질로 변해 있었어

나는 흐르며

흘러들어오는 구름 삼키고

꿈의 내용을 기억하지 못하는

행복한 바보도 삼키고

집이 무너집니다 산림이 무너집니다 미래가 무너집니다

무너진 의료 체계를

소상공인을 거대 이커머스를 삼키고

학대받은 코끼리가 쿵쿵 뛰어 천장을

무너뜨리는 집채만 한 발자국도 삼키고

뱃속엔 내가 삼킨 것들이 가득하다

창밖에 허리가 긴 개가 지나간다
느낌표 같은 개

생활체육으로 근육이 단련된 사람도 삼키고

내가 먹은
동시에 네가 먹은
식탁 위의 레몬 껍질이 나를 휘감고 감싸고

시큼 깜깜 번쩍한 레몬의 힘으로
최대치로 눈을 뜨며 부풀어 올랐어

두 사람
동시에 열 사람 백 사람 천 개의 시간이 되어

나의 어제가 미래가 너의 것과 중첩되어 흘러가고

어디까지가 얼굴인가? 거리의 사람들
어디까지가 사람인가? 믿을 수 없는 일들

찍지 마세요 죽이지 마세요
무너진 도덕과 질서를
무너진 마음을 삼키고

세상이 나를 딥페이크합니다
나는 시간과 세상을 딥페이크합니다

태어났을 그리고 태어나지 않았을
시간의 존재까지 삼키고

호모 그리고 혼종 되기

우리는 언젠가
레몬 마들렌을 조금씩 잘라 먹으며
미래의 소망을 이야기했지

정월이었고 초하루였고
믿지 못할 만큼 큰 달이 떠 있었고

몇백 년 만의 슈퍼문이라고
누군가 외쳤다

바닥에 비친 그림자가
나보다 천천히 멈추는 것을 바라보았다

줄넘기하는 아이가 담벼락에 가려져
목 잘린 것처럼 보였다

헐값에 사랑을 나누어주고
그 모든 거리와 혼숙하는 꿈

시작되자마자 끝나는 계단
끝인 줄 알았는데 끝없이 이어지는 길

삶이 우리를 어디까지 끌고 갈까
더 이상 흐르기를 멈출 수 없는 곳에서

꿈이 든 주머니가 자꾸 샌다
부드러운 두개골에서 오르골이 흘러나온다[*]

* "모든 것이 이해될 수 있다. 왜냐하면 모든 것이 바로 나 자신이기 때문이다." (프란츠 카프카, 『우리가 길이라 부르는 망설임』)

매달린 천사

궁금해 작은 세포가 분열해
어떻게 하나의 세계가 되는지

굴러떨어진 맑은 사과가
풍부한 씨앗의 화음을 만드는지

유아차를 미는 오전 아홉 시
길은 촘촘한 풀과 벌레로 차 있고

한 시와 열두 시 사이
살해와 비극 사이
시와 무시 사이
모든 무사한 것들의 살아 있음 사이

걷다 보면 나무에 천사들이 매달려 있다

대롱대롱
매달린 천사 모양
매달린 빛의 모양

천사를 안은 지친 천사가 되어
매달린 채로
아래를 내려다보면 세상엔
입자를 끌어당겨 생겨나는 물질들

저마다 권태나 아름다움과 싸우며 움직이는 사람들
보고 있으면 징그럽고 마음이 요동치지 않니

축하할 일 없는데도 꽃을 샀지

꽃보다 보존제가 더 흥미로워

꽃을 꽃으로 존재하게 만드는 것

테이블은 화병을
컵 받침은 컵을 끊임없이 떠받치고 있고

줄기줄기 갈라지네
갈라지는 게 나의 특기
공중분해된다면 더욱 좋아

세 개의 나;
갈라진 목소리로 노래하는 새
물 자국의 사라져 없어짐
고독한 투구게의 빛

천사들은 안대

보도되거나 집계되지 않는 죽은 이들의 수
쪼개지고 갈라진
모르는 곳에서 서로를 가능하게 하는

반복작업한손
반복작업한손
반복작업한손

보이니
세상의 수많은 손이 동시에 움직이고 있는 장면

궁금해 만화경 속에서
여러 개의 세상이 빛 없이 어떻게 쪼개어지는지

몸을 활짝 열고 걸으면 빛이 몸 안으로 들어오고

나를 통과해

자두야 복자야 부르면 돌아보는 개들

걸으며 자꾸
목에 걸린 가벼운 줄을 매만진다

몸을 비틀어가며 조금씩 다른 존재가 되는

질문하고 질문하고 질문하고
응답 없음을 견디고

목소리에 또 다른 목소리가 얹히면
웅얼거림도 서사가 되고

굴 파기

그를 만난 게 처음은 아니야

한 번은 자정 넘어 편의점 앞에서
또 한 번은 고꾸라질 뻔한 구덩이 앞에서

또 한 번은
흰 개가 무심히 엎드린 사찰에서

댕댕댕 종은 울리고
개의 엉덩일 쓰다듬고 있는데

왜소한 카프카 씨가 벽 사이에 끼어 있었어
그게 카프카인 줄 어떻게 알았냐고?

카프카일지도

아닐지도

그냥 그는 실없는 행인이었을지도

벽을 잡아당겨 꺼내어주자
왜소한 카프카 씨가 돌 위에 앉아 있었다

우리는 조용한 편의점 학교 분식집
세탁소 냄새
조기축구회 공 차는 사람들 지나

까마귀 우는 괴괴한 산에서
사찰의 돌탑을 돌다가

굴을 파기 시작했다

어디로도 이어지지 않고 단지 딱딱한 돌에 가닿는 굴을

굴 안에서 잠을 자거나
배를 깔고 누워 몽상하기도 하고

어디로도 도달하지 않으면서
우리는 충분히 즐거웠다

실체 없는 굴―걸어도 끝나지 않는
미로 같은 굴―홀로 움직이는 굴의 운동성을

감각하면서
계속 굴을 판다는 것이 중요해

영원히 계속될 것 같은 굴과 벽과 끼임의 느낌

그는 조용히 돌을 세다가
세상의 구원 없음에 지나치게 낙담하다가

빗속에 사라져
보이지 않았다 카프카 씨,

너무 작아져 외투만 남은 그에게

어디로 가버렸나요?
어디로 가야 하나요?

빗속의 카프카 씨, 절대 다시 나타나지 않고
절대 대답해주지 않는다

카프카의 옷―앞뒤의 구분이 없는
그의 모자―그의 굴을 닮아 뻥 뚫려 있는

유난히 뒤축이 닳은 딱딱한 구두를 신고
이 비를 뚫고 걸어가보기로 한다
첩첩산중의 산속에서

사소한 감정

오다이바의 검은 해변에서 보았지
서로를 안으며 사진 찍는 여자애들
왠지 슬퍼 보이는, 홀로 산책하는 남자
뾰족뾰족 울려 퍼지는 애들 웃음소리

일본 여성 시인선엔 무덤과
조을고 있는 묘지기가 있고*
문득 마주친 묘는 여기가 거긴지

여기에서 영이 느껴져 네가 말했고
그러자 으스스해지고

지진과 재난과 전쟁과 소음
이 도시엔 죽음이 많다

토기엔 마치 혼이 깃들어 있는 것 같다

어젠 목조주택 뒤에서 요괴를 마주쳤어
깜짝 놀라 앞만 보고 달렸지 뭐야

너는 영원이 있다고 믿어?
영혼이 있다고 믿어

타워보다 타워를 바라보며 행복해하는 사람들의 모습이
공설운동장의 아름다움이 다 영혼의 장난 같아

이렇게 높은 곳에서 내려다보니 빛이 쏟아질 것만 같다

중심으로 가며 보다 촘촘해지는 집들
미니카 같은 자동차들

악보같이 가로로 그어지는 빗방울들

확대했다가 축소하는 앵글 속에서 퍼즐 맞추기를 하는
것 같은
여러 조각으로 쪼개어 어떻게 이어 붙여도 연결될 것
같은

장면들

만났다 헤어지는
연인들

눈을 감아도 지나가는 철도 소리가 들려
가슴을 가르고

가장 깊은 구석에 숨은 가장 먼 말을 이어 붙여

도시가 얼마나 많은 겹을 갖는지
많은 빛이 내려앉는지

밤에 일하는 사람들이 낮의 다리를 만들고

무엇이 아름답거나 나쁜지
혹은 아름답고도 나쁜지

이 구름이 빗방울들을 몰고 어디까지 끌고 가는지 궁금
해

연하고 부드러운 살로 이루어진
뼈 붙은 것들이 얼마나 가느다란 한 줌 부스러기가 되

는지
　사랑은 왜 가장 불균형하고 불균일한 감정의 한 형태인
지

　고작 그것 때문에 죽는 사람도 있다니 어리석지
　그런데 내가 너를 안은 것보다 깊이 너는 나를 안는구
나

　안으면 지구는 중심이 아니라 우주의 낭떠러지 같다
　빛이 어둠에 박힌 게 아니라 어둠이 빛에 박힌 것 같다

* "터널을 빠져나가면 산소이니 / 복사꽃이 피어 있고 / 부모가 속살거
리고 / 석양빛이 흐르는 언덕에서 / 동자가 혼자 놀고 있어라 / 늙은 묘
지기는 조을고 있고". (타다 치마코, 「桃原」, 『日本 女性詩人 代表詩選』,
文學世界社, 1988)

심사평

'생활인'의 첨예한 시선과 독창적 감각
박소란

개인과 세계 사이, 시라는 유머
선우은실

우리가 빠져나갈 구멍은 어디에
이근화

지나온 것들에 대한 믿음
조대한

김상혁의 시들은 하나의 독백처럼 느껴진다
황인숙

수상소감

훔쳐보는 시
김상혁

'생활인'의 첨예한 시선과 독창적 감각

박소란

짧은 기간 안에 많은 시를 읽었다. 심사의 과정은 분명 힘겨웠고, 또 그만큼 공부가 되었다. 이런 말은 얼핏 형식적인 멘트로 들리겠지만, 사실이다. 지난 한 해 동안 나의 시인들은 이토록 근면히 썼구나, 저마다의 개성에 입각한 조밀하고 열띤 시들을, 하고 자주 감탄했다. 자신 안으로 깊숙이 침잠해 긴요한 무언가를 건져 올리는가 하면 바깥의 여러 방향을 향해 다종한 에너지를 발산하기도 했다. 또 어지러운 사회 면면을 그 어느 때보다 예민하게 감각해내기도 했다. 이런 가운데, 자기 절실성을 담지한 '나'라는 하나의 세계를 기반으로 '우리'라는 겹겹의 세계로 영토를 확장해가는 품 너른 작품들에 나는 각별히 더 마음을 쏟았음을 고백한다.

긴 시간 의견을 주고받으며 천천히 후보군을 좁혔다. 그 결과 여덟 명의 작품이 남았다. 특유의 환상성을 다소간 덜어내는 대신 그 자리에 현실에 대한 보다 긴한 태도를 위치시킨 강성은의 시. 생활 곳곳의 크고 작은 사건과 그에 따른 고민이나 반성, 모종의 의지를 밀도 있게 그리며 거침없이 진전해가는 권민경의 시. 현실과 환상을 넘나들며 유려한 필치로 내밀한 시적 진동을 일으키는 김보나의 시. 본연의 스타일을 보전하는 속에서 '12월 3일' 등 일련의 사회적 파문까지 정치하게 발화해낸, 점차로 더 놀라운 김행숙의 시. 언제나처럼 몽환적인 빛깔을 드리우며 내면의 가장 후미진 곳에서 아름답게 자맥질하는 양안다의 시. 인간과 비인간의 경계를 허물고 공동의 세계로 나아가고자 생신한 언어로 분투하는 윤은성의 시. '여성'이나 '전쟁'과 같은 막중한 주제들을 일상의 구체적 체험과 맞대어 섬세하게 조명한 주민현의 시. 그리고 생활의 다양한 부분을 첨예한 시선과 독창적 감각으로 풀어낸 김상혁의 시. 하나같이 빼어난 시인, 빼어난 시 들이 아닐 수 없다. 올해의 수상시집이 더없는 성찬이 되리라는 기대로 나는 내심 뿌듯했다.

결론적으로, 나는 김상혁의 시를 최종 수상작으로 선하는 데 기꺼이 의견을 더했다. 근래 김상혁은 생활에 대한 시선과 감각을 독자적 방식으로 다루는 데 특별히 집중하는 듯하다. 이 같은 면은 얼핏 친숙한 듯하면서 실은 상당히 이채로운 인상을 준다. 시를 통해 보건대, 시인은 여지없는 생활인이며(이 점은 언제나 독자인 나를 매료시킨다), 생활 각 방면을 침착하게 관찰하고 각양의 심장한 틈들을 예리하게 포착한다. 그리고 일반의 문학적 제스처를 더하는 것이 아니라 제하는 방식으로, 말하자면 힘을 빼는 방식으로 어떤 감각을 구현한다. 생생하기도 핍진하기도, 때로 기묘하기도 한 감각을. 생활로부터 길어 올린 감각은 종내 생활의 영역을 가뿐히 뛰어넘기도 하는 것이다. 창작의 순간순간을 고심하는 것은 물론 삶의 순간순간을 진지하게 응대하고 체화할 때 겨우 빚어낼 수 있는 시적 정취일 것이다.

수상작으로 정한 「쥐의 시절」은 지금 당장 우리가 당면한, 어쩔 수 없는 우리 모두의 사정을 환기한다는 점에서 유의미한 시라 할 만하다. 도시적 공간 안에서, 갖가지 결핍으로 점철된 과거보다 어쩌면 지금 더 쓸쓸하고 막막한 삶을 살아가는 게 아닐까, 하는 보편적 질문과 문제의식이 담겨 있다. 우리가 묵과한 현실의 지점을 정직하게 탐지하고 "배고파? 맛있어? 용기 무너질 리 없어?"와 같은 기습적인, 너무도 간곡한 물음을 통해 지금-여기 우리의 시절을 성찰한다.

수상의 영예가 시 한 편의 돌올함만으로 주어진 것은 아니라고 생각한다. 20년 가까운 시간 동안 시인이 구축한 세계에 대한 신뢰와 응원을 아우른 것일 테다.「개구리 점프」
나「퇴임사」「우중 행사」 같은 근작에 담긴 단단한 발성을
두루 확인하며 확신을 굳힐 수 있었다. 시인의 오랜 독자로
서, 지금껏 그래왔듯 앞으로도 그가 우리 일상의 소중한 이
야기들을 누구도 이야기하지 않는 방식으로 집요하게 들려
주리라 믿는다. ■

개인과 세계 사이, 시라는 유머

선우은실

'시란 무엇인가'라는 질문은 언제나 구체적인 시대의 맥락과 멀어질 수 없다. 그런고로 시가 '개인'과 '내면'을 다룬다는 말은 그 '개인성'이 곧 대사회적이라는 의미일 테다. 세계를 향해 몸을 돌리고 있거나 최소한 응시하고 있다.

이번 심사에서는 올해 시 한 편 한 편의 미학적 성취도 고려되었거니와, 무엇보다도 그러한 '성취'가 개인의 것으로 종속되거나 매몰되지 않고 얼마나 바깥으로 뻗어 나가고 있는가를 특히 살피고자 했다. 시 혹은 시인에게 중요한 것이 타인과 세계에게 또한 중요한 것으로 다가갈 때 비로소 문학이 실천성을 가질 수 있음을 되새길 시점이 아닌가 싶다.

본심 후보로 오른 약 스무 명 남짓의 작품 가운데 수상작을 선정하는 일은 녹록지 않았다. 올해 한국 시가 고르게 저마다의 성취점을 지녔던 까닭이다. 개중에는 오랜 시간에 걸쳐 일관되게 자신의 시적 세계를 유연하게 확장하는 사례가 있는 한편, 그야말로 '새로운' 시적 경향이라고 일컬어질 만한 낯설고 흥미로운 감각을 불러일으키는 사례도 있었다.

수상작 후보 가운데 강성은의 시는 일전의 환상적인 시적 문법이 일상의 문법으로 전환되는 변화를 보여주어 인상 깊었다. 강성은의 시 끝에 걸리는 사회의 한 장면과 그것을 언어화하는 내면의 풍경은 마법적이지 않다는 점에서 평범하다. 그러나 일상의 한복판에 놓인 개인은 '앞으로 어떻게 살아갈 것인가'라는 문제를 놓고 그 시선의 끝에 타인의 자리를 계속해서 창출하고 있었다.

윤은성, 주민현 시 또한 일상의 풍경에 대해 서술한다. 다만, 세계의 한 면을 일상의 풍경으로 전환하는 대신 일상에서 시작된 시선을 세계와 보편으로 확장한다. 두 시인 모두 일상의 한 장면에서 발견되는 감정의 움직임에 시선을 두고 있음에도, 표현의 방식이나 서술의 태도가 다르다는 점이 인상적이었다. 압도되는 현실의 절망에 압착되지 않고 곁을 지키는 작은 존재를 믿고 그 압력을 밀어 올리려는 태도, 개인의 일상을 놓치지 않으면서도 사회적이고 세계적인 풍경에 과감히 눈 돌리고 접점을 만들고자 하는 태도가 눈에 띄었다.

수상작으로 결정된 김상혁의 시는 '나'와 타인, 개인과 세계에 대한 균형 감각을 유지하고, 점점이 압도되는 현실 속에서도 건강성을 잃지 않으려는 점이 그야말로 시적으로 읽혔다. 개인적인 체험을 통해 보편적인 성찰을 이끌어내야 하는 문학의 과제 앞에서 때때로 자신의 내면을 향해 길을 잃지 않을 도리가 없는 시의 난감을 이해한다. 그렇기에 계속해서 바깥을 살피고 절망하지 않고 자못 의연해지고자 하는 것이 시라는 장르에서 특히 중요로운 일일지도 모르겠다. 올해 김상혁의 시는 시의 유쾌함을 잃지 않으면서 개인과 세계 사이의 탄력성과 유연성을 보여주었다. 시인에게 커다란 축하와 응원을 보낸다. ■

우리가 빠져나갈 구멍은 어디에

이근화

용기란 참으로 이해하기도 실행하기도 어려운 덕목이다.

그만두는 데도 용기가 필요하고, 지속하는 데도 용기가 필요하다. 어정쩡한 자세를 유지하는 데조차 생각보다 많은 용기를 내야 한다. 주저앉으려 해도 꼿꼿하게 버티려 해도 결국 얼마간의 용기가……. 김상혁의 시에는 이러저러한 인간 삶의 모습이 있고, 그는 제 생각들을 펼쳐낼 시적 용기가 있다. 그렇다고 해서 그가 용기 있는 사람이라는 뜻은 아니다. 다만 삶과 글쓰기를 두고 용감하게 모험을 좀 해봤다는 얘기다.

〈현대문학상〉 수상작 「쥐의 시절」에는 '쾅' 소리가 두 번 들린다. 그는 왜 도시가 "저녁 지평선에 쾅 닫"힌다고 했을까.

"아무 답 없이 꽝 닫히는 옆자리들"이라는 두 번째 진술을 참조하건대 단절의 감각인 듯 보인다. 세상으로부터 버려진 감각이라면 그런 소리를 우리도 익히 들어본 것 같다. 호락 호락하지 않은 세상에 던져져서 저 혼자 헤쳐 나가야 하는 외로운 몸부림 같은 게 김상혁 시에서 절실하게 느껴진다.

그래서 길거리에서 밟혀 죽지 않은 개구리처럼(「개구리 점프」) 간신히 살아남은 자들로서 우리의 표정은 어떤가. 언제나 "미래는 뜬금없는 쪽으로 튀어 오"르는 까닭에 용기백배한 얼굴은 아닐 게다. 오히려 빠져나갈 구멍을 못 찾고 폴짝거리는 작은 존재들. "혼자 넘어졌다 혼자 일어난 사람이 스스로 옷 털고 피 닦고 고맙다고" 하는 것처럼 얼마간 우습고 가엾은 존재들일 것이다.

혼자라면 용기란 무용한 덕목이다. '나'란 벽을 느끼는 순간, 그 벽은 그대로 커다란 구멍이어서 아무 데나 발이 빠지고 만다. 그런데도 우리가 굳이 용기를 낼 수밖에 없다면 아마도 무엇인가, 누구인가 곁에 머물러 있기 때문이기도 하다. 내 오랜 어머니가 있고, 어린 학생들이 있고, 사랑하는 개가 있고, 다정한 아내가 있고, 작은 아이가 있다면 자식으로서, 선생으로서, 주인으로서, 가장으로서 없는 용기도 지어내야 할 판이다. 쥐어짠다고 나오는 게 용기냐고 반문하는 이들도 있겠지만, 운이 좋은 자들이란 그렇게 거만하다. 없는 용기라도 쥐어짜야 하는 범인들에게는, 그것이 생존의 방식이다. 도민의 마음을 시민이 어찌 알겠는가. 온전한 시민과 깡패 같은 시인 사이의 깊은 갈등 같은 건 새삼 말해 무엇하랴.

그래서 그의 시에는 용기보다 더한 연민이 깃들어 있다. 빠져나갈 구멍은 어디에도 없기에 그는 울거나 웃으며 시를 쓴다. 누구를 위한 것인지 모르겠고, 처치 불가능한 생각들(「작은 폭탄」)을 그러안고 말이다. '그러안다'라는 말은 '끌어안다'라는 말과 조금 달라서 내밀하면서 완강한 느낌을 준다. 그런 면에서 시인의 마음속 깊이 똬리 튼 울분과 슬픔을 담아내는 말이 아닌가 싶다.

고독하게 울거나, 또 얼마간 함께 웃을 수 있는 동료 시인들이 있어서 다행이다. '홀로' 마주한 고독의 시간을 '함께' 살아가는 일로 풀어내는 여러 시인들의 지속적인 노력과 정직한 작품들에 대한 감사와 존경의 마음을 전한다. 믿음과 사랑이 먼저다. 취향은 그다음 문제. ■

나온 것들에 대한 믿음

조대한

〈현대문학상〉 시부문의 심사가 어려운 이유는 여타의 문학상이 으레 그러하듯 무수히 많은 작품을 하나하나 살펴봐야 하기 때문이기도 하지만, 일부의 시편들만으로 지금껏 시인들이 쌓아왔던 시적 세계를 함께 읽어내야 한다는 점때문이기도 하다. 빼어난 작품들을 후보작으로 추리는 일은 상대적으로 수월했으나 최종 결정을 내리는 건 결코 쉽지 않았다. 심사 시간은 예상했던 것보다 더욱 길어졌고 심사위원들은 여러 이야기를 나누며 재고를 거듭했다.

강성은의 시를 읽을 때면 종종 우리 생이 지나온 한 시절의 단면과 마주하는 듯한 기쁜 착각에 빠지게 된다. 그 속에서 독자들은 문밖으로 쫓겨나 어리둥절한 아홉 살 아이가 되기도 하고(「네 집으로 가」), 불타는 세계에서 재차 스스로의 머리채에 불을 지르는 여성들로 화하기도 한다(「세계가 불타는데」). 그 황홀한 빙의는 고통스럽지만 그래서 더욱 매혹적이다.

권민경의 작품은 그의 시어를 빌려 표현하자면, "중세의 그림처럼" "어른과 똑같은" 모습을 하고 있는데 "크기만 작은 미니어처 / 어린이"(「꼬뭔이 뭐예요?」)의 모습 같다. 몸만 훌쩍 커버린 아이가 느끼는 현기증, 혹은 어긋난 시대에 깨어난 사람의 시차라고 말해야 할까. 그것은 때론 거칠고 때로는 한없이 유려하여 종잡을 수 없지만 언제나 따스한 온기를 지니고 있는 듯하다.

김보나는 첫 시집의 발화 이후부터 이미 자신만의 즐거운 색채를 뚜렷이 드러내고 있는 시인인 것 같다. 사이비를 믿는 독자들에게도 힘이 되는 시라든가(「순례」), 거치적거리는 남자 브리프를 걸친 채 쓴 시(「남자 팬티 입고 쓰는 시」)를 우리에게 건네며 "이게 다야"(「좋은데?」)라고 장난스레 웃음 짓는 시인. 한데 그것이 또 어쩔 수 없이 매력적이라 저도 모를 감탄사가 나오게 된다. 이거 좋은데?

김행숙의 시에 대해서라면 나는 한결같은 믿음이 있다. 그것은 시인이 쌓아온 과거에 대한 두터운 신뢰인 동시에 그의 시가 지금 우리의 가장 시린 오늘을 겨냥하며(「12월 3일」)

함께 호흡하고 있다는 믿음이다. 우리가 현실을 적당히 아는 것처럼 굴며 젠체할 때, 또는 일상을 아무렇지 않게 지나칠 때마다, 그의 시는 "삐걱, 삐걱, 소리를 내는" "나무문"(「메리를 위하여」)처럼 그 자리에 서서 우리를 자꾸만 뒤돌아보게 만든다.

양안다의 시를 짧게 축약하는 일은 유독 지난하다. 그의 시는 꿈에서 내다 버린 쌍둥이(「아이네 클라이네 나흐트무지크」), 절벽에서 뛰노는 산양(「인간의 탈」), 절뚝이는 걸음으로 설원을 횡단하는 어느 부족의 막내(「견본주택」) 사이를 이리저리 횡단한다. 그의 시가 지닌 매력은 이처럼 여러 시공간을 넘나든다는 사실 자체보다는 그 하나하나의 시편이 독립된 세계처럼 각기 완성도 높게 직조되어 있다는 점에서 기인하는 듯하다.

윤은성 시인이 올해 발표한 작품들을 읽고 있노라면 '여름'의 이미지가 선명하게 떠오른다. 아마도 그것은 시인이 만든 작품의 직접적인 계절감 때문이기도 하겠지만, 그의 시가 건네는 어떠한 열기 때문이기도 한 듯싶다. 그것은 잡힐 듯 잡히지 않는 시절의 어느 해 질 녘 풍경(「여름 문」)이고, 부서진 생명들의 아픔과 내 몸에 남은 고통의 잔열(「남아 있는 여름」)이며, 그럼에도 서로의 얼굴을 바라보며 다시 새로운 선언의 노래를 준비하는 이들의 열띤 설렘(「노래할 차례」)일 것이다.

주민현의 시에는 어떤 천사가 등장한다. 그는 신화적이고 추상적인 형상이 아닌 날개도 신발도 없는 초라하고 구체적인 모습으로 그려진다. 잠들지 못하는 조용한 도시의 영혼들을 위해, "보도되거나 집계되지 않는 죽은 이들"(「매달린 천사」)의 안식을 위해, "소공녀와 수녀와 어릴 적 다락에 버려져 자라난 자매들"(「마트료시카」)의 이야기를 전하기 위해 그의 시는 가만한 웅얼거림을 멈추지 않는다.

최종 수상작으로 선정된 작품은 김상혁의 시다. 문학은 늘 늦된 언어일 테지만 그의 작품은 특히나 더 지나가버린 시간에 천착하는 것처럼 보인다. 그의 작품 속엔 눈앞에 닥친 생의 과업에 즉각적으로 반응하며 매일의 일상을 미로처럼 헤매던 시절의 이야기(「쥐의 시절」)와, 시를 가르치는 선생으로서의 일과 불안정한 시간강사로서의 일이 겹쳐 있던 쓸쓸한 경험의 고백(「퇴임사」)과, 말이 사람을 해코지한다고 믿고 묵묵히 삶을 걷던 옛 친구의 기억(「부재중 좋은」)이 담겨 있다. 심사위원들은 그의 시편이 지닌 본연의 매력에 더해 지금껏 한 시인이 걸어온 긴 자취에 대한 믿음을 바탕으로 수상작에 동의를 표했다. 수상을 진심으로 축하드린다. ■

김상혁의 시들은 하나의 독백처럼 느껴진다

황인숙

나는 참 좋았는데, 달리 표가 나오지 않아 예심에서 탈락한 시인 하나가 내내 아쉽다. 본심에 오른 수상 후보자들은 다섯 심사위원 중 최소 둘의 지지를 받았다. 그 둘 중 하나가 나일 경우도 있지만, 글쎄, 어떤 시들은 잘 와닿지 않아서 나보다 사뭇 젊고 명민한 심사위원들에게 물으며 골똘히 들여다보는 시간이었다. 시의 우수함을 암수 병아리 감별하듯 할 수는 없을 터이다. 시에 대한 평가에는 같은 값(!)이면, 취향이 크게 작용한다.

예컨대 강성은의 시들은 내 취향에 부합한다. 폭설 쏟아지는 깊은 밤, 약한 불빛이 비치는 작은 창. 강성은은 내게 그런 시인이다. 불안과 외로움이 찰랑거리는, 환상과 내향성과 견결함. 이번 그의 후보작 중 가장 내 마음을 끄는 「세계가 불타는데」에는 어떤 씩씩함이 더해진 것 같다.

김상혁의 후보작들을 읽으면서 '이 시인도 참 힘들게 사는 구나'하고 느꼈다. 요즘만 그럴까? 그의 시집 제목들을 떠올려본다. 『이 집에서 슬픔은 안 된다』『슬픔 비슷한 것은 눈물이 되지 않는 시간』『우리 둘에게 큰일은 일어나지 않는다』『다만 이야기가 남았네』……. 뭔가, 웃음이 나면서 슬프다.

김상혁의 시들은 하나의 독백이다. 시의 메시지가 어려움 없이 전달되는 그의 시들에는 어떤 비대칭성이 존재한다. 언어들은 유장하게 흘러가는데 문장들은 종종 앞 문장과 맥락에 맞지 않는 듯한 무작위적인 방식으로 끼어든다. 그렇지만 종래에는 유장한 흐름 속으로 함께 섞여 들어간다. 그것이 그의 언어들을 독백처럼 느껴지게 만든다. 무심하고 무작위적인 듯하지만, 김상혁은, 아마도 음악이 그렇듯이, 시의 몸체를 이루는 것은 결국 구조라는 걸 체득한 시인인 듯하다.

김상혁 시의 독백을 끌고 가는 것은 시인이 자신의 삶과 현실 속에서 느끼는 어떤 압력 혹은 비애감이다. 그의 시를 에워싸고 있는 이런 비애감 속에는 유머가 있다. 단절과 유장함, 유머와 비애 사이의 긴장과 비대칭성이 김상혁의 시들에 독특한 활력을 부여한다. 그 활력은 비애감을 불러일으키는 현실의 압력 속에서 시인을 현실과 맞서게 하고 스스로를 지키는 힘이 될 테다. 김상혁의 시들은 언어적 활력과 더불어 그것을 과하지 않게 적절히 조절하는 역량을 갖고 있다. 그것이 그의 시에 어떤 품격을 부여한다.

김상혁 시인, 축하합니다! 기쁜 일도 많으시기를!! ▪

훔쳐보는 시

김상혁

되는대로 먹고 아무렇게나 입는 편이라고, 그렇게 주변을 덜 신경 쓰며 사는 태도가 옳다고 생각하면서도 시에 대해서는 못 그러고 있습니다. 요즘도 남의 시는 훔쳐보는 마음으로 읽게 됩니다. 데뷔하고 15년이 넘었는데 시 쓰기보다 시 읽기가 더 즐거우니 작가로서는 참 발전 없이 시간을 보냈다고 할 수 있고요. 좋은 시 찾겠다고 문예지나 시집을 펼칠 때마다 조마조마해지는 40대 (극)후반이라니 나이를 어디로 먹었나 싶습니다. 딴 사람 물건은 아무리 새것이어도 관심이 가질 않는데 남의 시 앞에서는 왜 이리 초조하고 안달이 나는지요. 남이 쓴 탁월한 시를 읽으면서 가장 자주 하는 소리가, 이걸 내가 썼어야 했는데……입니다.

올해는 시를 가장 적게 쓴 해였습니다. 이번 겨울호 잡지에 주기로 약속한 네 편을 빼면 지난 1년간은 다섯 편을 발표한 게 전부입니다. 그래도 할 일을 덜 했다는 생각은 들지 않습니다. 적게 쓴 만큼 남의 작품을 더 실컷 읽었거든요. 올해는 훌륭한 시가 풍년이었어요. 마음에 쏙 드는 시집이 세 권 나왔고, 잡지에서 좋은 시를 찾아 읽고는 무척 짜릿하면서도 경계하는 심정이 되었던 적도 서너 번 됩니다. 아, 사랑스럽고 얄미운 저 시들을 어쩌지? 이토록 훌륭한 시를 쓴 사람이 왜 내가 아닌 걸까? 시인으로서의 자부심이나 고집 같은 건 거의 느껴지지 않는 중얼거림이지요.

실은 책을 읽고 있는 분들에게 저도 묻고 싶을 때가 왜 없겠습니까. 저는…… 잘 쓰고 있나요? 선생님들을 짜릿하게 감전시키거나 초조하게 만들 정도로 엄청난 작품은 아니더라도요. 저, 제대로 가고 있나요? 이런 것을 궁금해하는 시인이 별로 없는 듯 보여서 저는 더욱 초조하답니다. 시는 결국 혼자 쓰는 것이라고, 자기만의 세계를 만드는 것이라고들 하잖아요. 시는 비교가 아니며 순위 싸움도 아니라는 건 저도 압니다만, 저는 항상 다른 사람의 시를 쳐다보며 살고 있거든요. 남이 쓴 새 시집을 처음 두 손에 받아 들면 엄청 무겁고 무섭거든요. 훌륭한 것을 읽고 나면 내 작품이 하찮아

질지 모른다는 두려움이 있습니다.

이처럼 나약한 인간으로서 용케 15년을 넘게 썼습니다. 그렇지만 저를 여기까지 끌어온 어떤 에너지가 없지는 않을 텐데요, 시를 쓰게 하는 동력이란 시기마다 조금씩 달라지기도 하지만, 가령 저는 요 몇 년간 새로움에 미쳐 있어요. 돈도 안 되고 명예도 아닌 시가 새롭지도 않으면 화가 납니다. 시가 새롭지 않다면 나는, 그대는 그것을 대체 왜 쓰는 것일까? 남의 감정과 시선에 아부하는 시만큼 저를 화나게 하는 게 또 있을까 싶어요.

〈현대문학상〉을 받았다고 해서 내 작품이 누군가를 깜짝 놀라게 만들었다거나 울게 했다고 자평할 순 없을 듯해요. 올해에도 저는 제 것보다 좋은 시들을 꽤 많이 읽으며 기뻐하고 질투했거든요. 그럼에도 제게 이 상은 다른 의미로 더욱 중요합니다. 겉보기엔 크게 달라 보이지 않더라도, 스스로는 어떻게든 조금이나마 새롭게 써보려고 무진 발버둥을 치고 있었고 그걸 동시대 작가들이 알아봐주었다고 느낍니다. 특히나 진심으로 존경하는 박소란, 선우은실, 이근화, 조대한, 황인숙 선생님이 심사를 해주셨으니 이건 더할 나위 없이 큰 상이지요. 제71회 〈현대문학상〉을 받는 게 얼마나

멋진 일인지는 이분들 이름을 적어두는 것으로 설명을 다
마친 느낌입니다. 이번 수상은 정말 그렇습니다.

제가 수상 소식을 듣고 제일 먼저 한 일이 뭔지 아시나요?
제70회, 제69회, 제68회 『현대문학상 수상시집』을 찾아서
읽었습니다. 또 훔쳐보고 비교한 것이지요. 이 수상소감을
쓰기 전에 지난해 수상자 박소란 시인의 수상소감부터 읽어
보았으니 저의 훔쳐보기는 정말 구제 불능 같아요. 다만 양
보하지 않는 건 딱 하나로 족하다는 생각도 있습니다. 그저
새롭고 재밌게 쓰고 싶어요. 앞으로도 상은 그럴 때만 받고
싶어요. ▪

2026 現代文學賞 수상시집
쥐의 시절 외

지은이 ｜ 김상혁 외
펴낸이 ｜ 김영정

초판 1쇄 펴낸날 ｜ 2025년 12월 5일

펴낸곳 ｜ ㈜현대문학
등록번호 ｜ 제1-452호
주소 ｜ 06532 서울시 서초구 신반포로 321 (잠원동, 미래엔)
전화 ｜ 02-2017-0280
팩스 ｜ 02-516-5433
홈페이지 ｜ www.hdmh.co.kr

ⓒ 2025, 현대문학

ISBN 979-11-6790-336-5 03810